이야기한다는 것

이야기한다는 것

이명석 글 · 그림

너머학교

사람은 자연학적으로는 단 한 번 태어나고 죽지만 인문학적으로는 여러 번 태어나고 죽습니다. 세포의 배열을 바꾸지도 않은 채 우리의 앎과 믿음, 감각이 완전 다른 것으로 변할 수 있습니다. 이것은 그리 신비한 이야기가 아닙니다. 이제까지 나를 완전히 사로잡던 일도 갑자기 시시해질 수 있고, 어제까지 아무렇지도 않게 산 세상이 오늘은 숨을 조이는 듯 답답하게 느껴질 때가 있습니다. 내가 다른 사람이 된 것이지요.

어느 철학자의 말처럼 꿀벌은 밀랍으로 자기 세계를 짓지만, 인간은 말로써, 개념들로써 자기 삶을 만들고 세계를 짓습니다. 우리가 가진 말들, 우리가 가진 개념들이 우리의 삶이고 우리의 세계입니다. 또 그것이 우리 삶과 세계의 한계이지요. 따라서 삶을 바꾸고 세계를 바꾸는 일은 항상 우리 말과 개념을 바꾸는 일에서 시작하고 또 그것으로 나타납니다. 우리의 깨우침과 우리의 배움이 거기서 시작하고 거기서 나타납니다.

아이들은 말을 배우며 삶을 배우고 세상을 배웁니다. 그들은 그렇게 말을 만들어 가며 삶을 만들어 가고 자신이 살아갈 세계를 만들어 가지요. '생각교과서—열린교실' 시리즈를 준비하며, 우리는 새로운 삶을 준비하는 모든 사람들, 아이로 돌아간 모든 사람들에게 새롭게 말을 배우자고 말하고자 합니다.

　무엇보다 삶의 변성기를 경험하고 있는 십대 친구들에게 언어의 변성기 또한 경험하라고 말하고 싶습니다. 그래서 자기 삶에서 언어의 새로운 의미를 발견한 분들에게 그것을 들려 달라고 부탁했습니다. 사전에 나오지 않는 그 말뜻을 알려 달라고요. 생각한다는 것, 탐구한다는 것, 기록한다는 것, 읽는다는 것, 느낀다는 것, 믿는다는 것, 논다는 것, 본다는 것, 잘 산다는 것, 사람답게 산다는 것, 그린다는 것, 관찰한다는 것, 말한다는 것, 이야기한다는 것……. 이 모든 말의 의미를 다시 물었습니다. 그리고 서로의 말을 배워 보자고 했습니다.

　'생각교과서─열린교실' 시리즈가 새로운 말, 새로운 삶이 태어나는 언어의 대장간, 삶의 대장간이 되었으면 합니다. 무엇보다 배움이 일어나는 장소, 학교 너머의 학교, 열려 있는 교실이 되었으면 합니다. 우리 모두가 아이가 되어 다시 발음하고 다시 뜻을 새겼으면 합니다. 서로에게 선생이 되고 서로에게 제자가 되어서 말이지요.

고병권

차례

이야기 오리에
어서 올라타

이런 이런, 늦었잖아! 빨리 따라와. 거기 심심해 죽겠다는 표정으로 하품하고 있는 친구. 그래 너야. 뭘 하는 거야? 네가 이 책의 주인공인데 꾸물거리면 어떻게 해? 모두가 기다리잖아.

자, 여기 세 개의 통로가 있어. 첫 번째는 나무 문이야. 겉으로 보면 퀴퀴한 옷장으로 들어갈 것 같지? 사실은 눈의 여왕이 지배하는 하얀 나라로 들어가는 비밀의 문이야. 두 번째는 정원 수풀 아래에 있는 굴이야. 겉보기엔 작은 토끼나 들어갈 수 있을 것 같지? 하지만 발만 대 봐. 굴속으로 쑤욱 빨려 들어갈 거야. 그곳으로 가면 말하는 토끼와 홍차 파티를 즐길 수도 있지. 세 번째는 구름 위에서 내려온 동아줄이야. 걱정 말고 붙잡아. 엘리베이터처럼 동아줄을 타고 올라가면 수박보다 큰 천도복숭아도 따 먹을 수 있어.

5, 4, 3, 2, 1, 땡! 이런, 결국 결정을 못 했네. 시간이 다 되었어.

그래도 너무 아쉬워하지 마. 거기 편하게 앉아. 이렇게 된 거 천천히 인사부터 하자고.

혹시 내가 누구인지 기억나는 친구 있어? 『논다는 것』에 나왔는데 몰라? 그 책 읽은 친구 없어? 아차, 머리를 짧게 잘라 기억 못 하나? 그때는 머리가 아주 길었지. 그리고 그 책에선 '노는 게 너무 좋아

삼촌'이었지만, 이 책에선 '이야기 참 재밌네 삼촌'이야.

그래, 이제 눈치챈 친구가 있군. 만약 네가 세 개의 통로 중에 하나를 선택했으면, 신비한 이야기의 나라로 쓩 날아갔을 거야. 첫 번째는 『나니아 연대기』, 두 번째는 『이상한 나라의 앨리스』, 세 번째는 「해님 달님」이었어. 누구든 그 이야기 속으로 들어가면, 신비한 세상의 주인공이 되어 상상 속의 모험을 즐길 수 있지.

이야기는 정말 놀라워. 어떻게 말 몇 마디, 그림 몇 장으로 우리를 울렸다 웃겼다, 살렸다 죽였다 할 수 있을까? 저런 굉장한 이야기는 도대체 어떻게 만들어 낼 수 있을까? 나는 죽었다 깨어나도 못 할 거야. 혹시 이런 생각을 하며 한숨 쉬는 친구 있니? 그런데 말이야. 이야기는 소설가, 영화감독, 드라마 작가만 허락받은 마법이 아니야. 사실 우리 모두는 항상 이야기를 만들고 있어. 이야기를 통해 세상을 이해하고, 이야기를 통해 나를 표현하고 있어.

내가 손에 들고 있는 이게 뭘까? "오리!" 그래 맞아. 그런데 그냥 오리는 아니지. "장난감 오리!" 맞았어. 목욕할 때 물에 띄워 놓고 노는 오리야. 그런데 말이야. 얘한테 바람을 집어넣어 볼게. 엉덩이의 구멍에 입을 대고 뿌우우.

어때, 무지무지하게 커졌지? 흐흐 사실

내가 만든 게 아니야. 이 친구의 이름은 러버덕(Rubber Duck). 서울에 있는 석촌 호수를 방문했던 거대한 고무 오리야. 크기가 어느 정도인가 하면, 옆으로 16.5미터, 앞뒤로 19.2미터, 위아래가 16.5미터나 돼. 키가 아파트 6층 높이 정도 된대. 이런 굉장한 오리를 누가 만들었나 하면, 네덜란드의 예술가 플로렌타인 호프만이야. 그 사람의 고향인 암스테르담에서 처음 선보였고, 일본 오사카, 호주 시드니, 브라질 상파울루, 중국 베이징 등 세계 여러 도시를 거쳐 서울까지 왔어.

그런데 이 녀석이 한국에 온 첫날 사고를 쳤어. 러버덕은 크기가 엄청나서 바람을 넣는 게 보통 일이 아니야. 여러 사람들이 달라붙어 힘을 들여야만 빵빵하게 배를 불려 놓을 수 있지. 그런데 첫째 날 사람들이 찾아오기 시작하자마자 바람이 피시식 빠져 버리기 시작한 거야. 이게 무슨 창피야? 러버덕이 온다고 동네방네 소문을 다 내놨는데, 첫날부터 이런 모습을 보이다니.

사람들은 사진을 찍어 SNS에 올리고 난리가 났어. 그런데 말이야. "러버덕이 덕무룩. 불쌍한데 귀여워!" "오리가 목말랐나? 고개 숙이고 물 먹고 있어." 사람들이 바람 빠진 러버덕의 모습을 재미있어하게 된 거야. "우리 오리 힘내!"라고 응원의 메시지를 보내기도 하고, 다양한 패러디 사진을 만들어 올리기도 했지. 오리는 바람이 빠진 대신 '이야기'를 얻어 낸 거야.

사실 러버덕이 거대한 오리가 된 데에도 재미있는 사연이 있어. 1992년 홍콩에서 출발한 화물선에 2만 8천 개의 조그만 러버덕 장난감이 올라타 있었어. 미국에 있는 어린이 친구들을 만나 욕실에서 재미나게 놀 꿈을 꾸고 있었지. 그런데 배가 태평양 한가운데를 지나는 중에 무시무시한 폭풍우를 만났어. 거의 침몰할 뻔했다가 겨우 살아났는데, 러버덕을 실은 상자는 그만 바다에 첨벙하고 떨어졌고 문이 열려 버렸지. 크고 무거운 화물들은 꼬로록 바다 밑으로 가라앉아 버렸어. 하지만 꼬마 러버덕들은 바다 위에서도 꿋꿋이 떠 있을 수 있었어. 그리고 해류를 따라 무리를 지어 움직이기 시작했어.

10년이 지났어. 선박 회사도 장난감을 기다리던 어린이들도 러버덕을 까맣게 잊어버렸지. 그런데 이 오리 떼가 다시 나타난 거야. 호주, 알래스카, 캐나다, 미국 같은 태평양 곳곳의 바닷가에 나타나더니, 대서양으로 넘어가 영국, 스페인, 이탈리아에도 찾아갔지. 바닷가에서 노란 러버덕을 떼로 만난 사람들은 깜짝 놀랐어. 이 녀석들이 과연 어디에서 왔을까? 그리고 저 작고 우스꽝스러운 모습으로 드넓은 바다를 헤엄쳐 왔다는 걸 알고는 더욱 놀랐지. 용감하구나, 러버덕! 바다를 더럽히는 쓰레기가 되어 버렸을 수도 있지만, 씩씩하게 헤엄쳐 우리 곁으로 와 주었구나. 러버덕은 '사랑과 평화의 상징'이 되었고, 예술가 호프만은 거대한 러버덕을 만들어 새로운 여행을 떠나기 시작한 거야.

꼬마 러버덕이 거대한 러버덕이 되어 세계를 여행할 수 있게 된 이유는 뭘까? 어떤 실수가 뜻밖의 사건을 만들었어. 배가 뒤집히거나 고무 오리의 바람이 빠진 거야. 그런데 거기에서 재미난 이야기가 태어났어. 사람들은 러버덕에 자신의 마음을 싣고 그 이야기를 키워 갔어. 이게 바로 이야기의 놀라운 마법이지.

어때, 너희들도 러버덕처럼 이야기라는 놀라운 힘을 얻고 싶지 않니? 그렇다면 나를 따라와. 러버덕의 말랑말랑한 몸 위에 올라타. 이젠 어디든 갈 수 있어. 러버덕에겐 이야기의 상상력이 있으니까. 좋아. 꽉 잡아. 이 녀석의 타임머신 기능을 작동시킬 거야. 먼저 이 세상에 이야기라는 게 태어나던 그 순간으로 날아가 보자.

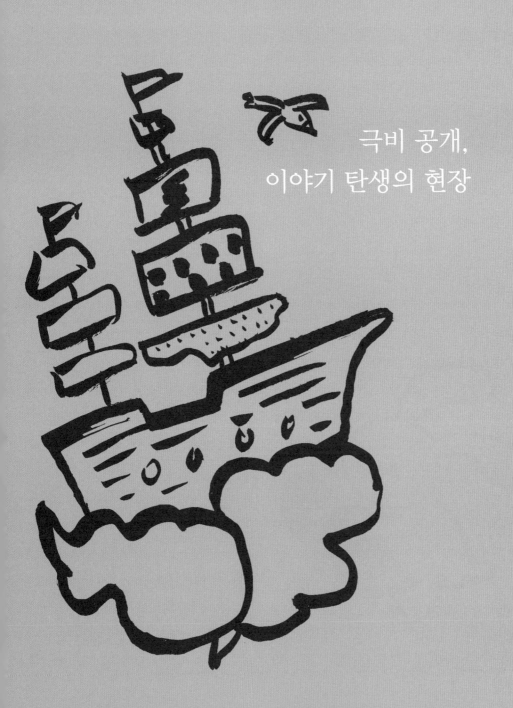

극비 공개,
이야기 탄생의 현장

이야기가 태어나다

우와와아 떨어진다! 조심해. 휴우. 오리 부리로 겨우 나뭇가지를 잡고 매달렸네. 아니야. 이건 나무가 아니야. 매머드의 이빨이야. 으아아 날아간다. 슈유우 티웅! 으아 겨우 멈췄네. 그런데 이게 뭐지? 거대한 고사리구나. 트램펄린처럼 탄력이 좋아 우리를 붙잡아 줬네. 밑으로 조심해서 내려가자. 사방에 우락부락한 버섯도 가득하네. 멀미가 나겠지만 좀 참아. 토하면 안 돼. 우 우욱! 미안.

제군들 수고가 많았다. 약간의 조종 실수가 있었지만, 원시시대로 잘 날아온 것 같군. 어때, 공기부터 다르지? 이 시대는 숲이 무지무지하게 우거져 있어 산소가 아주 풍부하거든.

모두 몸을 숙여. 사방에 맹수들이 가득할 거야. 악어만 한 개구리나 코끼리만 한 돼지도 있고, 그걸 씹어 삼키는 꽃도 있어. 어쩌면 공룡도 남아 있을지 몰라. 각자 머리와 몸에 나뭇잎을 붙여 위장을 하라고. 그리고 조심조심 이쪽으로 와 봐. 오, 여기 의자같이 생긴 나무둥치가 있네. 좋아 여기 앉을까? 아하, 바위 너머로 원시 부족의 마을이 잘 보인다. 여긴 꼭 극장 같지 않아?

원시 부족이 마을로 돌아온다. 까불대는 소년이 꿀꽐꼴 꿀꽐꼴 하며 앞서서 뛰어온다. 그래, 저 부족의 이름을 꿀꽐꼴 부족, 저 친구는 까불이라고 하자. 까불이 뒤로 대여섯 명의 건장한 청년들이 야생 돼지를 메고 온다. 움막에 있던 마을 사람들이 튀어나와 환호하네. 덩치가 큰 힘센이가 특히 우쭐해하는군. 그리고 그 뒤로 비실이가 다리를 절룩거리며 부러진 창과 활을 들고 온다. 모두 돼지를 잡았다고 즐거워하는데, 비실이는 침울해하고 있네.

저녁이 되자 꿀꽐꼴 부족이 돼지 통구이를 먹는다. 다들 오랜만에 고기 맛을 봐서 아주 신이 나 있네. 포도즙을 나눠 마시며 입가심을 한다.

앗, 그런데 저게 뭐지? 숲에서 뭔가 튀어나왔다. 원숭이인가? 아니야. 하하. 까불이가 원숭이 흉내를 낸 거였어. 부족 사람들이 다들 깔깔대며 배꼽을 잡네. 까불이는 정말 연기력이 대단해. 두 팔을 늘어뜨리고 좌우로 펄쩍펄쩍 뛰는데, 정말 원숭이 같아.

그런데 갑자기 깜짝 놀란 표정을 지어. 덜덜덜 떨면서 나무에 기어 올라간다. 그러더니 슬쩍 내려와서 반대쪽으로 가더니 땅에 엎드려 꿀꿀거린다. 이번엔 멧돼지 흉내야. 아마도 사냥을 나간 부족원들이 멧돼지를 발견한 것 같아. 그런데 아무도 가까이 다가가지 못하고 슬금슬금 피하기만 해.

그러다가 아차! 누군가 실수를 해서 넘어진다. 그게 비실이를 흉내 낸 건가 봐. 비실이가 구경하다가 얼굴이 빨개졌어. 사람들은 쿡 쿡 찌르며 놀리고. 멧돼지가 콧김을 뿜으며 달려온다. 비실이가 가까 스로 피한다. 멧돼지가 속도를 멈추지 못하고 나뭇가지 사이에 낀다. 힘센이가 제일 먼저 달려가 창을 꽂는다. 다른 사람들도 도와서 멧돼 지를 잡는다. 사람들이 힘센이의 손을 들고 환호한다.

어때, 사냥에 함께하지 않은 부족원들도 오늘 어떻게 멧돼지를 잡 게 되었는지 알게 되었지? 여기서 훔쳐본 우리도 마찬가지고. 그게 어떻게 가능했을까? 바로 까불이가 온몸으로 전하는 '이야기' 덕분 이지.

아마도 최초의 이야기는 이런 식으로 태어났을 거야. 장르는 사냥 액션. 주인공은 힘센이. 악역은 멧돼지. 엑스트라는 비실이.

갑자기 비가 몰아친다. 부족원들이 허겁지겁 동굴 속으로 들어간 다. 우리도 안 되겠다. 동굴 옆의 작은 굴로 들어가서 비를 피하자. 다들 잘 들어왔어? 오호, 저기 불빛이 보인다. 저쪽 큰 동굴과 우리 가 있는 작은 동굴이 서로 연결되어 있는 것 같아. 조심해서 불빛 쪽 으로 가 보자. 어라, 네모난 틈으로 동굴 저쪽의 부족원들이 보인다. 저쪽만 모닥불이 피워져 있어, 꼭 영화나 TV를 보는 것 같아.

부족원들은 사냥 도구를 다듬거나 곡식을 정리하고 있어. 다들 배 가 불러서인지 기분이 좋아 보여. 그런데 비실이만 표정이 안 좋네.

많은 원시 부족들이 사냥하는 장면을
정교하게 그리며 그 안에 이야기를 담았다.

낮에 실수한 걸 친구들이 자꾸 놀리나 봐. 비실이가 호롱불을 랜턴
처럼 들고 동굴 깊은 곳으로 들어간다. 주변에 아무도 없는 걸 확인
하더니, 뾰족한 나무 끝으로 벽에 그림을 그린다.

먼저 사냥 나온 부족원들, 그리고 그 앞에 나타난 멧돼지를 그린
다. 그런데 엄청 커다랗다. 공룡만 한 괴물 같다. 부족원들이 어쩔 줄
을 몰라 한다. 그때 비실이의 눈이 반짝한다. 아이디어가 떠오른 거
야. 비실이는 먼저 나뭇가지를 양쪽으로 벌려 덫을 만든다. 그러곤
멧돼지 앞에서 어슬렁거리며 약 올리다가 실수로 넘어진 척한다. 멧
돼지가 달려온다. 그러자 비실이는 번개같이 몸을 피한다. 제 속도

를 이기지 못한 멧돼지가 나무 덫에 걸려 버둥거린다. 그때 힘센이가 달려와 창을 꽂는다.

어때 이 이야기는? 까불이의 연극과 비슷하면서 다르지. 이제 비실이가 주연이고, 힘센이는 조연이야.

너희는 어떤 게 더 재미있니? 힘센이가 주인공이 되어 용맹함과 힘으로 사냥한 이야기? 아니면 힘이 약한 비실이가 꾀를 내서 멧돼지를 잡은 이야기?

첫 번째 이야기는 웃기면서도 신나지. 하지만 좀 뻔해. 두 번째 이야기는 스릴 넘치고 멋진 반전이 있어. 힘이 약한 주인공이 약점을 극복하고 성공을 거두는 거야. 앞의 이야기는 승리라는 결과에 초점이 맞춰져 있어. 뒤의 이야기는 사냥을 준비하는 과정을 자세히 그리고 있어.

어느 쪽이 사실에 더 가까울까? 아마도 첫 번째 이야기일 거야. 하지만 두 이야기 중에서 어느 쪽이 더 오래 살아남을까? 더 흥미롭고 재미있는 쪽, 더 생각할 거리를 많이 주고 배울 게 많은 이야기가 아닐까?

이야기가 자란다

사람들은 이런 식으로 다양한 이야기들을 만들어 갔을 거야. 그런데 말이야. 사람들은 이야기를 만드는 방법을 어떻게 발전시켜 갔을까? 여기에는 몇 가지 단계가 있어.

있는 그대로의 이야기

골목길에 길고양이들이 나와 아침 인사를 한다. 분명 매일 서로 마주치는 애들인가 봐. 으르렁대거나 싸우지는 않아. 슬슬 근처로 가서 서로의 냄새를 맡아. 주로 입 냄새와 엉덩이 냄새를 맡지. 왜 그럴까?

입 냄새는 이게 궁금해서야. "나 빼고 뭐 맛있는 거 먹은 거 아냐?" 엉덩이 냄새는? 그래, 이 냄새로도 뭘 먹었는지 알 수 있지. 하지만 또 다른 이유도 있어. 이 녀석이 뭘 잘못 먹거나 병에 걸려 이상한 냄새 나는 똥을 싼 게 아닐까 궁금해서야.

무리를 지어 살아가는 동물들은 이렇게 서로서로의 정보를 교환해. 새로운 소식에 귀가 반짝하는 건 본능이야.

이제 그 길고양이 옆으로 동네 아주머니들이 지나가네. "어머, 머리 어디서 하셨어요? 되게 잘 어울려요." "호호, 그래요? 전철역 사거리에 새로 미용실이 생겼더라고요. 개업 기념으로 주말까지 할인해 준대요." "어머, 나도 가 봐야겠네." "그런데 그 집 꼬마가 과학 경시대회 나갔다더니 어떻게 되었어요?" "아이고, 그 전날 감기를 앓는 바람에 발표를 제대로 못 했어요." "애고, 우리 애도 감기 조심하라고 해야겠네."

사람들이 만나면 이렇게 서로 이야기를 나눠. "그동안 별일 없으셨어요?" 좋은 일, 나쁜 일, 서로의 일을 묻고 전해 듣는 게 아주 중요한 습관이지. 이야기의 기초는 이거야. 있는 그대로의 정보를 서로 전하는 거야.

그런데 특별히 궁금한 때가 있어. 어느 날 빨래터에 모인 사람들은 이런 이야기를 주고받지. "아 글쎄, 개똥이가 숲에 갔다가 온몸에 멍이 들어서 왔대요." "아이고 무슨 일이 있었대요?" "그런데 개똥이가 머리가 터지고 입도 다쳐서 대답을 못 한대요." 도대체 무슨 일이 일어났을까? 적이 쳐들어온 건가, 아니면 우리 부족 안에 못된 놈이 있어 개똥이를 때렸을까? 궁금해 미치겠지? 이렇게 특별히 사람들의 관심을 끄는 이야기들이 있어. 무서운 이야기, 기묘한 이야기, 통쾌한 이야기 같은 거야.

고르고 줄이고 뻥 튀기고

며칠 뒤 사람들이 다시 빨래터에 모였어. 그런데 모두 빨간 보자기 할머니 주변으로 오네. 할머니는 세상 이야기를 많이 아는 데다가, 그걸 아주 재미있게 풀어내는 솜씨가 있거든.

"저번에 개똥이 말이야. 숲에서 상처투성이가 되어서 왔잖아." 모두가 귀를 쫑긋하며 물어봐. "아이고, 그러게요. 이제 말은 할 수 있대요?" "누가 때렸대요?" 할머니는 바로 말 안 해 줘. "그게 말이야. 정말 그런 일이 가능할까? 믿기지가 않네……." 이렇게 사람들을 살살 약 올리지.

이제 할머니는 개똥이의 이야기를 전하게 될 텐데, 모든 사건을 줄줄 늘어놓을 필요는 없어. "개똥이가 그날 혼자 사냥을 갔다는구먼. 늦잠을 자서 아침도 못 먹고 나갔지." 일단 이건 꼭 필요한 이야기야. 하지만 개똥이가 들고 간 사냥 도구가 뭐고, 옷을 뭘 입었고 이런 것까지 줄줄이 말해 줄 필요는 없어. 꼭 필요한 이야기만 전해 주면 돼. "그러다 바위에 떡이 하나 떨어진 걸 보게 되었어. 개나리처럼 노란색이었대." 사람들은 그 이야기를 듣고 머릿속에 개똥이가 노란 떡을 발견하는 모습을 상상하게 돼. 할머니가 딱 필요한 이야기만 선명하게 전해 주기 때문이지. "그런데 그걸 먹었더니, 갑자기 배가 사알사알~"

때론 과장도 필요해. "개똥이는 배가 너무 아파 언덕 끝에서 볼일을 보기 시작했대. 그런데 설사가 너무 심하게 나는 거야. 10분, 20분 계속 똥이 푸드득푸드득 나왔어." 사람들이 배를 잡고 웃지. "급기야 언덕의 흙이 깎여 내려가기 시작했어. 그러다 말이야." 여기서 잠시 짬을 두는 게 좋아. 사람들의 상상력을 자극해야지. 누군가 알아서 말해. "그래서 언덕에서 굴러떨어졌구먼." "어쩐지 온몸에서 구린내가 나더라고." 으하하하!

이렇게 이야기는 어떤 곳은 살을 깎고, 어떤 곳은 부풀리면서, 사람들이 재미있어하는 모습으로 변신해 가는 거야.

완전히 지어낸 이야기—픽션의 탄생

우리는 처음에는 세상사가 궁금해서 이야기를 주고받다가, 어느 때부터는 즐거움을 위해 이야기를 나누게 되었어. 그러다 누군가 '아예 작정하고 이야기를 지어내면 어떨까?'라고 생각하게 되었어. 이야기의 소재가 되는 어떤 사실은 있었겠지. 그러나 그 사실에 편집, 과장, 상상을 더해 완전히 새로운 이야기로 바꾸는 거야.

「잠의 나라의 리틀 네모」라는 만화에서 꼬마 네모는 밤마다 이상한 꿈을 꿔. 침대에 다리가 달려 빌딩 사이를 걸어 다니고, 아파트만큼 큰 버섯 숲을 헤매기도 하지. 달나라를 탐험하고, 거대한 코끼리의 나라를 여행하기도 해. 그러곤 잠을 깨.

우리 역시 꿈속에서 갖가지 일들을 겪어. 그런데 그걸 마치 사실인 것처럼 여기지. 조각조각 나뉜 장면들을 그럴듯하게 이어 한 편의 영화처럼 만들기도 해. 가족이나 친구에게 이야기하면 재미있다고 깔깔대기도 하고.

이야기꾼은 이렇게 꿈을 꾸듯이 사실과 상상의 조각들을 이리저리 끼워 맞춰. 그러다 가장 재미있겠다 싶은 퍼즐을 완성해서 사람들에게 들려줘. 그건 분명 거짓말이야. 하지만 가치 있고 즐거운 거

윈저 맥케이의 「잠의 나라의 리틀 네모」. 1905년 「뉴욕 헤럴드」에 연재를 시작한 만화로
소년의 꿈속 세계를 자유분방하게 그렸다. 만화는 물론 영화와 애니메이션 연출에 큰 영향을 미쳤다.

짓말, 거짓말인 걸 뻔히 알지만 아무도 화내지 않는 거짓말이지. 이 걸 허구, 영어로는 픽션(fiction)이라고 해. 이야기가 허구의 세계를 허가받자, 온갖 곳으로 날개를 달고 퍼져 나가기 시작했어. 이제 진짜 이야기의 시대가 시작되는 거지.

이야기의
대모험

짜잔! 드디어 사람들은 이야기 자체의 재미를 알고, 상상력으로 '이야기를 위한 이야기'를 빚어내는 방법을 깨쳤어. 빨래터의 아낙네들은 소곤소곤, 모닥불 주변의 사냥꾼들은 수군수군, 아기를 무릎에 눕힌 할머니는 조곤조곤, 자기가 들은 이야기를 다른 이에게 들려주었지. 그러면서 이야기는 점점 커지고 흥미로워지고 아름다워졌어. 사람들은 어디를 가나 이야기를 데려갔고, 어디서든 이야깃거리를 물어 왔지.

이야기는 인류가 문명을 만들어 온 수만 년 동안 놀라운 변신을 거듭해 왔어. 입에서 입으로 전하는 전설, 극장에서 연기로 보는 연극, 책으로 읽고 즐기는 소설, 그리고 영화, 만화, 게임까지……. 이야기 자신이 어마어마한 모험을 겪어 왔던 거지.

이제 이야기들의 변화무쌍한 변신을 살펴보러 가자. 그런데 그 전에 배를 갈아타야겠어. 안타깝지만, 귀여운 러버덕 배로는 저 거대한 이야기의 바다를 항해할 수 없거든. 무쇠처럼 튼튼하고 번개처럼 날렵한 배, 이야기 탐험선 '꽥뿡 1호'에 옮겨 타자고.

그 전에 너희들도 할 일이 있어. 각자 분장을 해서 정체를 숨겨야 돼. 마법사, 해적, 기사, 로봇…… 무엇이든 좋아. 눈을 감고 주문을 외워. 그리고 변신이 완료되면 이야기의 바다로 출발하자고.

우리는 어디에서 왔을까?─신화, 전설, 서사시

탐험선 '꽥뽕 1호'가 구름 위를 날고 있다. 저 아래로 작은 조각배가 지나가네. 투명 막 기능을 작동시키고 내려가 관찰해 보자. 우리는 사람들을 볼 수 있지만, 저 사람들은 우리를 볼 수 없게.

조각배에 탄 어부들의 표정이 좋지 않아. 구름이 잔뜩 끼었거든. 비가 많이 오면 물고기도 못 잡고 돌아가야 하잖아. 그러다 우르르 쾅쾅! 무시무시한 천둥 번개가 친다. 어부들이 난리가 났어. "으아아 무서워, 도대체 이게 뭐야?" 어부들이 사방팔방으로 날뛰니까 배가 뒤집어질 것 같아. "진정해. 이놈들아." 제일 나이 많은 할아버지가 버럭 소리를 질러. "저건 하늘에서 불벼락을 내리는 거야. 못된 놈들 에게 벌을 주기 위해. 그러니까 너희들이 큰 잘못을 저지르지 않았 으면 걱정할 필요가 없어."

옛사람들에게 세상은 이해할 수 없는 것투성이였어. 아직 과학도 문명도 발전하지 못했던 때니까. 그래서 천둥 번개가 호랑이보다 무 섭기도 했어. 사람은 뭔가를 이해하거나 설명할 수 없을 때 가장 큰 두려움을 느끼거든. 그래서 그런 알지 못하는 것에 답을 줄 무언가 를 찾기 시작했지.

엄마 품에 안긴 아이가 물어. "엄마, 나는 어디에서 왔어?" "엄마와 아빠가 하늘에 빌었어. 예쁜 아기를 내려 달라고. 그랬더니 황새가 보자기에 싸서 물어다 줬지." 이렇게 해서 아이가 조용해지면 좋겠지만, 아이의 호기심은 끝이 없지. "그러면 아빠와 엄마는 어디에서 왔어?" "할아버지와 할머니가 하늘에 빌었지." "그러면 할아버지의 할아버지의 할아버지는? 할머니의 할머니의 할머니는? 저 커다란 산은? 저 강과 바다는? 이 아름다운 세상은 전부 누가 만들었어?"

그의 이름은 신. 그가 나오는 이야기는 신화와 전설이라고 하지. 특히 신이 세상과 인간을 만들어 낼 때의 이야기가 인기가 있었어. 수메르 사람들의 길가메시 신화, 히브리족의 창세기 등 많은 민족들 저마다가 태어난 이야기를 담은 신화를 갖고 있지.

그렇다면 우리 민족의 조상은 어떻게 태어났을까? 알고 있지? 옛날 옛날 아주 옛날이야. 하늘에 사는 환웅이 비, 구름, 바람을 다스리는 신하를 데리고 이 땅에 내려왔어. 그런데 어느 날 곰과 호랑이가 환웅을 찾아왔어. 자기들도 사람이 되고 싶다고. 그래서 환웅이 쑥과 마늘만 먹고 한 달을 버티라고 했지. 호랑이는 포기했지만, 곰은 끝까지 버텨 웅녀가 되었어. 그리고 우리 조상인 단군을 낳을 수 있었지. 이게 단군신화야.

지중해에 살았던 고대 그리스 로마 사람들은 이런 이야기를 특히 좋아했어. 하늘에서 번개를 내리는 제우스, 바다에서 파도를 일으키는 포세이돈, 연인을 맺어 주는 큐피드…… 그리고 인간을 대표하는 영웅들과 그들이 싸워야 할 괴물들도 만들어 냈지. 거대한 사자나 뱀과 맞서 싸우는 헤라클레스, 쳐다보기만 해도 돌이 되는 메두사에 대한 이야기는 너희도 들어 봤을 거야. 사람들은 이렇게 신과 영웅들을 캐릭터처럼 만들어 놓고, 그들이 서로 사랑하고 미워하고 다투는 흥미진진한 이야기들을 잔뜩 빚어냈어.

호메로스라는 시인은 서사시라는 걸 지어 사람들 앞에서 소리 내어 들려주었어. "오디세우스는 외눈박이 거인을 물리쳤지만, 바다 위에는 세이렌이라는 마녀들이 기다리고 있었네. 과연 우리의 영웅은 그 유혹을 이겨 낼 수 있을까?" 사람들은 몇 시간씩이나 그의 이

암소로 변신한 이오의 신화를 담은 바르톨로메오 디 지오반니의 그림. 1490년경.

야기를 듣고 있기도 했지. 이런 이야기는 『일리아드』, 『오디세이』라는 기록으로 남아 오늘날까지 영화나 드라마로 만들어지고 있어. 헤라클레스, 포세이돈은 지금도 인기 높은 초능력 영웅이지.

세이렌의 유혹을
이겨 내는 오디세우스의
모습이 담긴 도자기.
기원전 5세기경.

입에서 입으로? —민담, 전래 동화

신화와 전설이 태어날 때는 책도 영화도 TV도 없었어. 그렇다면 사람들은 어떻게 그 이야기들을 전했을까? 모닥불 주위에 모여든 사람들 앞에서 누군가 "옛날 옛날 한 옛날에"라고 이야기를 시작해. 그러면 모두가 귀를 쫑긋하고 이야기 속으로 쑥 빠져들었지. 그러곤 얼마 후 사냥터에서 비를 피하다가 이웃 마을 사람들을 만나면 자기가 알고 있는 이야기를 전해 주었지. 그런 이야기들 중에는 신이나 영웅이 아니라 보통 사람들이 주인공으로 나오는 이야기들도 생겨났어. 입에서 입으로 전한다고 구전 동화, 전래 동화, 혹은 민담이라고 하지.

전래 동화의 놀라운 점은 세계 어디에나 비슷한 이야기들이 전해 내려오고 있다는 거야. 너희 「신데렐라」 이야기 알지? 「콩쥐팥쥐」

는? 둘이 뭔가 비슷하지 않아?

새엄마와 언니가 와서 주인공을 괴롭혀. 신데렐라와 콩쥐에겐 일을 잔뜩 시키고, 자기들끼리 예쁘게 꾸미고 잔치에 가. 얄밉게도 이렇게 말하지. "갔다 올 때까지 이거 다 해 놔. 그러면 파티에 가게 해주지." 도무지 불가능한 일이야. 밑 빠진 독에 물을 어떻게 채워? 그런데 두꺼비나 요정이 나타나 신비한 힘으로 도와줘. 그리고 멋진 왕자를 만나는데, 작은 신에 발이 맞아야 그의 선택을 받을 수 있어.

어떻게 우리의 「콩쥐팥쥐」와 저 먼 유럽의 「신데렐라」가 이렇게 닮을 수 있을까? 책도 인터넷도 없고, 기차나 비행기도 없던 시절에 태어난 이야기인데? "발 없는 말이 천리 길을 간다."는 속담이 있지. 이야기는 발 없는 말 중에서도 제일 빠르고 힘이 세. "우와 재밌다!" 이런 말을 들으면 번개처럼 옆 동네, 옆 나라로 달려가고, 바다 넘어 면 대륙까지 퍼지기도 해.

"그런데 완전 똑같지는 않아요. 다른 점도 있잖아요."
훌륭한 지적이야. 전래 동화는 비슷비슷하면서
조금씩 다른 이야기가 많아. 신데렐라
이야기만 해도 수십 종류나 되지.
그 이유는 뭘까? 입에서
입으로 전해지기
때문이야.

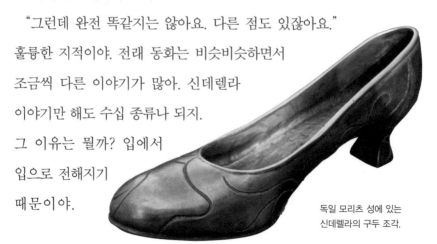

독일 모리츠 성에 있는
신데렐라의 구두 조각.

누구든 이야기를 듣고 다른 이에게 전할 때 살짝 바꾸어도 돼. 더 재미있게, 더 무섭게 만들어도 좋아. 아니면 낯선 소재를 익숙한 걸로 바꿔. 늑대가 코요테가 되고, 순록이 사슴이 되고, 왕자가 원님이 되고 그렇지.

전래 동화는 모두가 함께 빚는 도자기 같은 거랄까? 수많은 사람들이 조금씩 편집하고, 과장하고, 허구를 더해서 최적의 형태로 다듬어 가지. 그러면서 모두가 알아야 하는 귀중한 교훈도 꼭꼭 집어넣게 되고. 그래서 「해님 달님」, 「도깨비감투」, 「선녀와 나무꾼」, 「우렁 각시」 등의 이야기들이 아이들의 마음을 살찌우는 최고의 양식이 될 수 있었던 거야.

보고 듣는 이야기 ― 연극, 오페라, 뮤지컬

"어험. 이야기 나라의 진정한 터줏대감은 바로 나라고." 아이고 어르신 납시셨습니까?

가장 오래된 이야기, 그리고 지금도 한껏 빛을 내고 있는 이야기. 말과 글이 없었을 때도 손짓 발짓으로 가능했던 이야기. 그게 뭘까? 바로 무대 위에 배우가 올라와 연기와 대사로 이야기를 전달하는 예술, 연극이야. 드라마(drama)도 원래 연극을 뜻하는 말이었지.

우리가 원시 극장에서 이야기의 탄생 장면을 본 거 기억나? 까불

연극은 오래전부터 이야기를 전달하는 중요한 방법이었다.

이가 동물이나 부족원들을 흉내 내던 거. 그게 바로 연극이야. 아이
들이 토끼 흉내를 내고, 소꿉놀이를 하는 것도 작은 연극이지. 정말
로 원초적인 이야기라고나 할까?

　고대 그리스에서는 커다란 원형극장에서 연극을 공연하는 게 매
우 중요한 사회적 의식이었어. 연극 대회는 가장 인기 많은 행사였
지. 보통 가면을 쓴 배우와 합창단이 주거니 받거니 노래와 춤으로
이야기를 만들어 갔어. 관객석에서도 얌전히 듣고만 있지는 않았어.
스포츠 경기를 보듯이 환호나 야유를 보내기도 하고 물건을 집어 던
지기도 했지. 아리스토텔레스 같은 학자들은 인간에 대해 잘 알기
위해서는 연극을 깊이 연구해야 된다고 생각했어. 사회를 풍자하며

셰익스피어의 대표적인 연극 「오셀로」(왼쪽)와 「햄릿」(오른쪽)의 포스터.

사람들을 웃게 만드는 희극, 진지하게 삶을 성찰하게 하는 비극과 같은 구분도 이루어졌지. 대사, 행동, 이야기, 인물처럼 훌륭한 연극을 만드는 요소들을 꼼꼼히 따져 보기도 했어.

연극은 로마 시대를 지나 중세 시대 유럽 여러 도시로 퍼져 나갔어. 축제가 벌어지면 곳곳에서 극단이 모여들었고, 사람들은 여러 편의 연극을 이어서 봤어. 사이클 플레이즈(Cycle Plays)라는 연극단은 수레로 만든 무대 위에서 연기를 했어. 다른 도시로 옮겨 가서도 따로 무대를 설치할 필요가 없었지. 셰익스피어의 4대 비극이라고

들어 봤어?「햄릿」,「오셀로」,「리어 왕」,「맥베스」. 4백여 년 전 영국에서 만들어진 걸작들인데, 아직까지도 여러 무대에서 재탄생하고 있지. 스페인의 몰리나, 프랑스의 몰리에르도 연극의 황금시대를 만든 극작가들이야.

동양의 왕들은 오래전부터 광대를 고용했어. 이들은 잔재주나 춤으로 관객들을 웃기기도 했지만, 우화 같은 연극을 만들어 공연하기도 했지. 한 해가 끝날 때 왕이 광대극을 보는 전통도 있었어. 재미있는 세상사를 다루기도 했지만, 탐관오리를 꼬집는 등 풍자가 깃들어 있었지. 왕은 그걸 보고 자신의 정치를 되돌아보는 기회로 삼았던 거야. 춤과 음악이 결합된 연극도 많았어. 신라 시대「처용가」의 내용으로 만든「처용무」같은 것이지. 가면극, 인형극에서는 부자나 관리들을 짓궂게 놀리기도 했는데, 그들의 위세에 눌려 있던 서민들의 가슴을 뻥 뚫어 주었지.

오직 노래로만 이야기를 전하는 예술도 있어. 우리가 자랑하는 전통인 판소리(「심청가」,「춘향가」,「흥부가」)가 대표적이지. 소리꾼이 길게는 여섯 시간이나 노래하고 연기하면서 손에 땀을 쥐게 하는 이야기를 전해 줘. 음악, 춤, 연기가 하나로 엮이는 이야기 예술은 정말 다양한 방법으로 사람들의 사랑을 받아 왔어. 성악가가 중심이 되는 오페라(「피가로의 결혼」), 무용수가 중심이 되는 발레(「백조의 호수」)도 있고, 오늘날 큰 인기를 모으고 있는 뮤지컬(「레 미제라블」)도 있어.

진짜 일어난 이야기—역사와 전기

이렇게 허구의 이야기가 무성하게 자라났어. 그렇다면 사실의 이야기는 사라졌나? 그렇진 않아. 영어로 이야기가 뭐야? 스토리(story). 그러면 역사는? 히스토리(history). 닮았지? 왜냐면 친척이니까. 둘은 매우 *끈끈한* 관계를 유지하며 서로를 돕고 있지.

사람들이 도시와 나라를 만들면서 세상에는 점점 많은 일들이 벌어지게 되었어. 그냥 마을 사람들끼리 알콩달콩 숲속의 동물 이야기를 주고받는 걸로는 성이 차지 않았지. 여기저기 마을을 떠돌아다니며 물건을 파는 장돌뱅이가 오면 동네 사람들이 모여들었어. "세상 이야기 좀 해 보시구려. 나라 돌아가는 일 좀 들려줘요." 그러면 장돌뱅이는 술과 밥을 얻어먹으며 갖가지 이야기를 전해 줬지.

"동쪽 나라에선 왕이 쫓겨났지. 배고픔을 참다못한 백성들이 들고 일어난 거야." "서쪽 나라의 공주는 결혼 선물로 몸집이 황소의 세 배나 되는 짐승을 받았대. 코가 엄청 길어 코끼리라고 한다네." "남쪽 바다로 왜구들이 쳐들어왔는데 이순신 장군이 배 13척으로 물리쳤다고 하네."

이야기 자체도 흥미진진했지. 게다가 그 일은 사실이니, 어떻게든 듣는 사람에게 영향을 미칠 수도 있었어. 그러니 더욱 귀가 솔깃해질 수밖에 없었어. 그리고 그런 일들로부터 많은 걸 배울 수 있다는 걸 알게 되었어.

왕이나 학자들도 과거에 일어난 일들을 기록해 둘 필요가 있다는 걸 알게 되었어. 처음에는 왕들이 뭐든지 자기가 잘했다고 적으라고 했어. 자화자찬을 위해 사실을 왜곡하는 일도 많았지. 그러다가 기원전 99년, 중국의 사마천이라는 학자가 다른 생각을 했어. 그는 황제의 노여움을 사는 바람에 사형을 언도받았다가 겨우 목숨을 구했어. "억울하다 억울해. 나라 걱정밖에 안 했는데 내가 왜 이런 벌을 받아야 하지?" 그렇게 고민하다가 마음먹었어. 세상에 벌어지는 일들을 꼼꼼히 적어 교훈으로 삼아야 한다. 왕이 가진 힘이나 개인적인 정에 이끌리지 말자. 이렇게 해서 태어난 게 『사기(史記)』라는 책이야. 오늘날까지 역사책의 모범으로 칭송받고 있지.

이때부터 스토리와 히스토리는 다른 길을 가기 시작했어. 하지만 히스토리는 계속 스토리에 흥미로운 이야깃거리를 전해 주었어. 중국의 『삼국지』는 원래 위, 촉, 오라는 세 나라를 중심으로 여러 왕과 장수들이 싸우던 때를 기록한 역사서야. 그걸 참고해서 나관중이라는 사람이 『삼국지연의』라는 소설을 썼는데, 지금은 이게 훨씬 유명하지. 유비, 관우, 장비가 도원결의로 뭉친 뒤에, 동탁, 여포, 조조와 다투고, 지략가 제갈공명의 힘으로 적벽대전을 승리로 이끌어. 새로쓴 이야기가 너무 유명해 그게 진짜인 것처럼 착각하기도 하지.

역사 속의 인물 중에도 특별히 뛰어나고 본받아야 할 사람들은 오래도록 사랑을 받지. 이런 이들의 삶에 일어난 흥미로운 이야기를 옮겨 놓은 걸 '전기'라고 해. 용맹하게 나라를 지켜 낸 을지문덕 장군, 노예제도의 폐지에 앞장선 에이브러햄 링컨 대통령, 여러 장애를 딛고 교육자가 된 헬렌 켈러 같은 이들이 주인공이 되는 거야. 물론 히틀러처럼 악독한 일로 세계사를 더럽힌 인물의 이야기도 기록해 둘 필요가 있어.

책의 날개를 타고─소설

이야기는 점점 사람들의 삶 속에 깊숙이 들어왔어. 왕이나 귀족처럼 모임을 자주 개최하는 사람들은 이야기를 전문으로 읽거나 연기하는 사람을 채용하기도 했지. 그런데 매번 똑같은 이야기를 들려줄 순 없잖아. 그래서 새로운 이야기들이 많이 필요하게 되었어.

중세 유럽에서 특별히 인기가 있었던 건 기사들의 무용담을 담은 이야기인 '로망스(romance)'라고 해. 프랑스에서는 『롤랑의 노래』, 스페인에서는 『엘 시드의 노래』, 그리고 영국에서는 『아서 왕과 원탁의 기사』 이야기가 유명했지. 로망스는 내용이 비슷비슷해. 용맹하고 정의로운 기사가 사악한 용에게 납치된 아름다운 여인을 구해 내는 이야기야. 멀린 같은 마법사가 기사를 도와주기도 하지. 과장되고 허황된 이야기도 많아서 훗날 놀림을 받기도 했지만, 오늘날의

판타지 소설이나 게임에도 큰 영향을 주었어.

옛이야기는 시처럼 만들어 외워서 전하는 경우가 많았지. 그러다가 점차 글로 적고 책으로 찍어 내기 시작했어. 그리고 신, 영웅, 마법사만이 아니라 보통 사람들도 주인공을 맡기 시작해. 오늘날 우리가 즐겨 읽는 소설이라는 게 등장하는 거지.

너희들 쥐 좋아하니? 그래, 대부분 싫어하지. 미키마우스처럼 귀여운 모습도 있지만, 대부분 더럽고 축축하고 징그러운 느낌이니까. 쥐는 우리가 모아 놓은 식량을 몰래 먹어 치우기도 하지만 무서운 병을 옮기기도 해. 1300년대 유럽에는 쥐들이 퍼뜨리는 흑사병이라는 무서운 전염병이 돌았어. 감기처럼 사람들끼리 옮기기 때문에 모여 있으면 위험해. 그래서 사람들은 도시를 떠나 한적한 시골로 도망을 갔어.

조반니 보카치오가 쓴 『데카메론』에는 그때 이탈리아 피렌체 근처의 별장에 모인 사람들이 나와. 언제 도시로 돌아갈지 알 수 없고 시골 생활은 따분하기만 했어. 그래서 사람들은 오후의 가장 더운 시간에 나무 그늘에 모여 자기가 아는 이야기를 나누기로 해. 열 사람이 한 가지씩, 하루에 열 가지의 이야기를 하고는 헤어졌어. 『데카메론』은 이렇게 나온 백 편의 이야기를 글로 기록한 거야. 근대소설의 효시라고 하지.

소설은 글로 쓰고 종이에 찍어 낸 이야기책이야. 글은 말보다 훨

보카치오의 『데카메론』의 삽화. 병을 피해 모인 사람들이 열흘 동안 갖가지 이야기를 주고받았다.

씬 정교한 이야기를 담을 수 있고, 책은 저자가 지은 그대로의 이야기를 전할 수 있지.

본격적으로 소설의 시대를 연 작품은 스페인의 세르반테스가 1605년에 내놓은 『돈키호테』야. 돈키호테는 자칭 기사인데, 용맹하지만 현실 감각은 없어. 착하고 충직한 농부 산초 판사를 하인으로 삼고, 비루먹은 노새 로시난테를 말이라고 착각하고 모험을 떠나지. 농부의 딸 둘시네아를 악당들에게 잡혀간 공주로 여기고, 들판의 풍차를 거인으로 생각하여 창을 들고 싸우지. 허무맹랑하고 미친 이야기야. 하지만 허풍만 가득하고 빈둥거리고 놀던 그 시대 기사들의

『돈키호테』(왼쪽)와 『걸리버 여행기』(오른쪽)의 삽화. 허무맹랑해 보이는 소설 속에 갖가지 교훈을 담았다.

모습을 통쾌하게 풍자해서 큰 사랑을 받았어. 그때 스페인 국왕이 길가에서 책을 들고 울다 웃다 하는 사람을 보고 이렇게 말했대. "저 자는 미친 게 아니라면 『돈키호테』를 읽고 있는 게 틀림없다."

초창기 소설은 낯선 세계의 모험담을 담은 게 많았어. 그 시대는 바다를 건너 새로운 대륙과 섬을 탐험하는 게 인기가 많았거든. 『걸리버 여행기』, 『로빈슨 크루소』는 모두 먼바다로 떠났다가 겪은 신기한 이야기를 담고 있어. 뻔한 허풍이지만 그걸 또 진짜라고 우기는 게 그 시대 소설의 특징이야. 최고의 허풍은 『허풍선이 남작의 모험』이지. 포탄에 올라타 하늘을 날아가고, 여우 머리에 칼집을 내서 산 채로 껍질을 벗기고, 달나라로 여행을 가지. 허무맹랑한 이야기를 풀어내면서도 끝까지 '이건 진짜 내가 겪은 일'이라고 너스레를 떨어.

우리의 한글도 멋진 이야기가 나오는 데 크게 한몫했지. 17세기 허균의 『홍길동전』, 김만중의 『구운몽』이 한글 소설의 시대를 열었어. 그 전에는 까다로운 한자로 적힌 글이 많았는데, 한글 소설이 유행하면서 많은 사람들이 글을 깨치게 도와주었어.

'전기수'라고 길거리에서 책을 낭독해 주는 직업도 있었어. 서울 동대문에서 출발해 종로 길을 돌아다니며 책을 읽어 주는 유명한 전기수가 있었어. 요즘으로 치면 길거리에서 노래하는 버스킹 같은 거야. 『숙향전』, 『심청전』 같은 소설을 주로 읽었는데, 사람들의 마음을 조였다 풀었다 정말로 맛깔나게 읽었어. 그러다 결정적인 장면이 나오면 갑자기 읽기를 멈췄어. 그러면 사람들은 "여보게. 어서어서. 빨리 다음 이야기를 들려주게."라며 다투어 동전을 던져 주었대. 괜찮은 상술이지?

소설책은 유럽에서도 귀하긴 마찬가지였어. "오늘 밤에 아무개 씨 집에 놀러 오래요. 런던에서 『제인 에어』 속편을 사 왔대요." 그러면 동네 사람들이 모여들어 아무개 씨의 목소리 좋은 큰딸이 책을 읽는 걸 함께 들곤 했지. 그러다 인쇄술이 발전하고 종이값이 싸지면서 보다 쉽게 책을 사서 읽을 수 있는 시대가 왔어. 소설이 잘 팔리면서, 상당한 수입과 유명세를 얻는 전문 작가들도 등장했어.『젊은 베르테르의 슬픔』의 괴테,『올리버 트위스트』의 디킨스,『레 미제라블』의 위고 같은 작가들은 존경과 사랑을 받았지. 이들은 허무맹랑한 환상만이 아니라, 현실적인 소재로 감동을 전하는 글을 썼어. 소설은 문학예술의 한자리를 차지하게 돼.

그렇다고 사람들이 이야기 자체의 재미를 버린 건 아냐. 너무 잘난 척하는 작품들이 많아지니까, 반대로 가볍게 읽을 수 있는 소설들이 유행하기 시작해. 19세기 영국을 중심으로 이런 소설들이 많이 나와. 남녀의 짜릿한 사랑과 이별을 다룬 로맨스(『에마』), 무시무시한 살인 사건을 명쾌하게 해결하는 추리(『셜록 홈스』), 과학적 상상력으로 놀라운 사건들을 만들어 내는 SF(『타임머신』), 무시무시한 괴물이 간담을 서늘하게 하는 공포(『드라큘라』), 바다와 대륙을 넘나드는 스릴 넘치는 모험(『해저 2만 리』)……. 요즘은 '장르 소설'이라고 부르는 것들이지. 신기하게도 그때는 싸구려 오락으로 여겨졌는데 백 년이 지난 지금에도 꾸준히 사랑을 받고 있어. 그래서 진정한 가치를 새롭게 인정받기도 하고. 이게 모두 이야기 자체의 힘 때문인 거야.

보고 듣고 마구 퍼지고―만화, 영화, TV 드라마

"그 소설가는 글을 너무 잘 써. 장면 하나하나가 생생해. 마치 눈앞에 보이는 것처럼." 어떤 소설가가 이런 말을 듣는다면 정말 뿌듯할 거야. 그런데 이런 물음이 떠올라. '눈앞에 보이는 것처럼'이 아니라 '눈으로 볼 수 있게' 해 주면 안 될까?

그러고 보니 비실이가 있었어. 이야기의 탄생 때 동굴 벽에 그림으로 이야기를 새긴 친구 기억나? 비실이처럼 사람들은 오래전부터 그림으로 이야기를 전하려고 노력해 왔어. 고대 이집트나 고구려의 고분벽화에는 왕과 노예, 사냥꾼과 춤추는 이들의 모습들이 꼼꼼하게 그려져 있어. 중세 시대 유럽의 화가들은 성경 속의 이야기를 그림으로 옮기는 데 평생을 바치기도 했어. 미켈란젤로가 시스티나 성당 천장에 그린 「천지창조」도 신이 세상과 인간을 창조하던 때의 이야기를 담고 있지. 그런데 그 그림들은 약점이 있어. 고대의 역사나 성경 속 이야기를 미리 알지 못하면 그림 속 이야기를 해독하지 못한다는 거야.

그림 그 자체로 이야기를 전해 줄 수는 없나? 많은 화가들이 고민했어. 그러다 18세기 초반 영국의 풍자화가 윌리엄 호가스가 아이디어를 떠올렸어. 마치 연극의 인상적인 장면처럼, 그리고 그 내용이 이어지게 그림을 그리자. 호가스는 당시의 결혼 풍습 같은 것들을 재미있는 연작 회화로 그렸고, 판화로 찍어 내 많은 사람들이 보고 간직하게 했지. "어라 이거 괜찮네." 로돌프 퇴퍼는 이것을 더 발전시켜 그림책을 만들었어. 여러 장의 그림을 연속해서 붙여 놓고, 사람들이 책장을 넘기며 장면과 장면 사이를 상상으로 채워 가게 한 거야.

수많은 사람들이 이와 비슷한 시도를 했고 서서히 답을 찾아냈어. 그림은 좀 더 단순하게 그리고, 캐릭터의 얼굴에 초점을 맞춰. 소설 같은 설명글을 따와서 희곡처럼 대사를 넣어. 이렇게 해서 태어난 게 바로 만화야. 이제 그림만 이어서 봐도 독자적인 이야기를 완벽하게 전달할 수 있게 되었어. 그리고 여기에 매우 중요한 발명품이 더해져 큰 역할을 했어. 그건 바로 말풍선! 현대 만화의 시초는 1889년 리처드 아웃콜트가 미국 신문에 연재하기 시작한 「노란 꼬마」라고 해. 주인공 꼬마는 무척 수다스러웠는데, 그가 지껄이는 말이 처음에는 포대 자루 같은 옷에 적혀 있었어. 그러다가 풍선 모양으로 따로 빼낸 틀 속에 넣게 되었지. 이제부터 만화 주인공이 말을 할 수 있게 된 거야.

만화는 다른 어떤 이야기보다 자유분방했어. 연극처럼 좁은 무대의 제약을 받을 필요가 없었어. 그냥 상상 속의 이야기를 그려 내면 되니까. 소설 속에서 이렇게 저렇게 입 아프게 설명하는 장면? 그림 한 장으로 뚝딱 보여 주면 돼. 이렇게 해서 슈퍼맨, 배트맨 같은 초

현대 만화의 시초로 불리는 「노란 꼬마」. 말풍선을 본격적으로 사용했다.

능력 만화 영웅들이 인기 스타가 되기 시작했지. 물론 황당한 모험 이야기만 다루는 건 아니야. 만화도 점차 복잡한 사건과 진지한 내용을 다루게 되었어. 지금은 고급스러운 이야기 예술로 여겨지는 만화책들도 많아.

만화야 꼼짝 마! 아주 강력한 라이벌이 뒤를 이었어. 「노란 꼬마」가 태어나던 해에 프랑스의 뤼미에르 형제가 활동사진이라는 걸 상영했어. 사진을 빠르게 연달아 보여 주면 마치 움직이는 것처럼 보인다는 점을 이용한 거지. 카페에서 불을 꺼 놓고 움직이는 영상을

조르주 멜리에스의 「달나라 여행」의 한 장면. 움직이는 영상 속에 이야기를 담았다.

보여 주었는데, 기차가 진짜로 튀어나오는 줄 알고 사람들이 혼비백산했다고 해. 이렇게 영화가 태어났지만, 아직은 그냥 깜짝 놀랄 볼거리에 불과했어. 이야기가 들어가 있지 않았거든. 얼마 뒤 조르주 멜리에스라는 마술사가 「달나라 여행」이라는 색다른 영화를 만들었어. 로켓 우주선을 타고 달나라로 여행하는 이야기야. 우주선이 쏑하고 날아가 달에 콱 박히는데, 달이 아픈 표정을 지으니 관객들은 깔깔대고 웃어 댔지. 영화는 이야기라는 엔진을 달자마자 세상 사람들을 무시무시한 힘과 속도로 뒤흔들었지.

영화와 만화는 처음에는 연극을 많이 따라 했어. 마치 연극 무대를 앉아서 보는 듯한 장면이 많았지. 그러다 클로즈업, 줌인, 줌아웃 같은 촬영 기법을 개발하고, 주인공과 악당의 시점을 교대로 보여 주는 등의 편집 기법을 발전시켰지. 이야기를 지금까지와는 전혀 다른 방식으로 보여 줄 수 있게 되었어. 만화와 영화는 앞서거니 뒤서거니 기술을 발전시켰고, 진공청소기처럼 세상의 이야기를 빨아들였어. 신화, 희곡, 오페라, 동화…… 무엇이든 좋았어. 사람들을 즐겁게 해 줄 수 있는 이야기들은 영화나 만화로 재탄생했지. 여기에 움직이는 만화인 애니메이션, 안방극장이라 불리는 TV 드라마도 뛰어들었고, 우리는 진정한 이야기의 시대를 살아가게 되었어.

만화, 영화, TV 드라마의 장점은 뭘까? 이야기를 눈으로 볼 수 있다는 건 이미 말했어. 또 하나 중요한 특징이 있어. 연극, 낭독, 뮤지컬과는 다르게 대량으로 복제해 수많은 사람들이 동시에 즐길 수 있다는 거야. 미국 할리우드에서 만든 영화를 태평양 건너 한국의 영화관에서 보는 건 전혀 이상한 일이 아니야. 일본에서 만든 『슬램덩크』, 『나루토』 같은 만화책을 우리도 번역해서 즐길 수 있지. 「별에서 온 그대」, 「태양의 후예」 같은 한국 TV 드라마 역시 전 세계 사람들의 사랑을 받고 있어. 이렇게 대량 복제되는 이야기는 바다와 대륙을 넘나들고 전 세계인과 함께 호흡하고 있어.

내 맘대로 조종하는—게임

연극, 소설, 영화…… 모두 이야기의 훌륭한 그릇이야. 그런데 때론 답답하기도 해. 우리는 주인공의 마음속에 들어가, 기쁨 슬픔을 같이 느낄 수 있어. 하지만 이런 마음도 들어. "나라면 저렇게 안 할 텐데. 저 봐. 분명히 사고 치고 후회할 줄 알았어." 우리가 직접 운전대를 잡을 수는 없을까? 내가 주인공이 되어 이야기의 미래를 결정할 수는 없을까? 그런데 방법이 있어. 게임이야.

'숨바꼭질'이나 '무궁화꽃이 피었습니다' 같은 전통적인 게임에도 이야기의 싹은 들어 있어. 우리는 사냥꾼 혹은 사냥감을 연기하며 게임을 즐기지. 게임이 누군가 이기거나 지는 것으로 끝나는 것도 이야기랑 비슷해. 윷놀이, 승경도놀이, 인생게임 같은 보드게임에는 이야기가 좀 더 많이 들어가 있어. 우리는 주사위를 굴려 여러 사건을 겪고, 새로운 벼슬이나 게임 머니를 얻기도 하고, 상대에게 덜미를 잡혀 왔던 곳으로 되돌아가기도 하지.

이야기와 게임은 닮았어. 둘 다 인생을 모방해서 만들어졌기 때문이야. 다만 게임 속의 이야기는 아주 다른 특징이 있어. 우리가 직접 선택하고 움직이면서 상황을 바꿔 갈 수 있다는 점이지. 대신 주인공이 꼭 이긴다는 보장도 없어. 이런 걸 인터랙티브 스토리텔링이라고도 해.

'슈퍼 마리오' 같은 컴퓨터 게임 속에도 모험의 이야기가 담겨 있다.

컴퓨터 게임도 마찬가지야. 컴퓨터 게임의 조상님이라 할 수 있는 '팩맨'이라는 게임이 있어. 아주 단순해. 동그라미가 입을 벌리고 길을 따라가며 동전 같은 걸 먹어. 얘가 주인공이지. 그러다가 유령 같은 게 나타나 팩맨을 죽이기도 해. 그럴 때는 영화 속에서 내가 응원하던 캐릭터가 칼을 맞아 쓰러진 것처럼 비통해하지. 겨우겨우 나쁜 악당들을 피해 미션을 수행하면 아이템을 얻고 새로운 단계로 넘어가. 이제 더욱 강력한 악당이 나오지. 일종의 SF 모험 판타지라고나 할까?

게임이 발달하면서 더욱 정교한 이야기를 담을 수 있게 되었어. 서부 영화의 총격전, 액션 영화의 추격전, 무술 영화의 격투 장면을 그대로 옮겨 놓은 게임들도 있지. '버블보블'이라는 게임은 마법에 걸린 공룡 두 마리가 물풍선 마법을 쓰면서 적들을 물리치는 내용이야. 둘이서 함께 최종 판까지 통과하면, 공주가 나타나 뽀뽀를 하고 마법에서 풀려 사람이 될 수 있어. 하지만 혼자 오면 '승리보다 우정이 중요하다.'는 메시지가 나오면서 중간으로 돌아가.

최근에는 게임이 영화나 소설만큼이나 복잡하고 섬세한 이야기를 담기도 해. 롤플레잉 게임이라는 형식이 특히 그래. 우리는 마법사, 전투원, 도적, 치료사 등 다양한 직업을 선택해서 모험을 하고, 마법과 같은 특수 능력을 얻어 성장하지. 온라인 게임을 하면 다른 사람들을 만나 물건을 거래하고, 동료가 되어 함께 대규모 공성전에 참가하기도 하지. 『삼국지』 같은 전쟁 소설, 『반지의 제왕』 같은 판타지 소설은 게임의 세계관을 만드는 데 큰 도움을 줬어. 그리고 요즘은 반대로 게임에서 만든 세계관을 가지고 영화나 만화를 만들기도 해.

어느덧 우리는 거대한 이야기의 바다에 나와 있네. 자그마한 실개천에서 시작한 이야기 탐험선이 개울을 타고 강을 지나 이곳까지 나왔어. 눈이 핑핑 돌아가는 3D 영화, 온갖 상상의 캐릭터들이 어우러진 애니메이션, 현란한 음악과 춤이 함께하는 뮤지컬들이 펄떡대며 물 위로 튀어나와 뽐내고 있어. 그것만이 아니야. 스마트폰에 쏙쏙 들어가는 웹툰, 드라마 동영상, 롤플레잉 게임도 수천수만 마리씩 헤엄치고 있어.

어때, 이야기의 바다란 실로 놀랍고 거대하지? 너희들도 탐험선에 처음 올라탔을 때보다 훨씬 튼튼해졌구나. 잘 모르겠다고? 눈에는 잘 보이지 않겠지. 하지만 이야기 세상을 자유롭게 탐험할 수 있을 만큼 마음을 키워 왔어. 그러니 이 배에서 내릴 때가 되었어. 이제 어디로 가느냐고? 너희를 데려갈 듬직한 친구를 소개하지.

푸르르륵 물속에서 거대한 공이 튀어나온다. 공 옆으로 빨판이 달린 다리가 춤을 춘다. 물보라가 눈부신 무지개를 만들어 낸다. 공 가운데서 커다란 주둥이가 뻗어 나온다. 우리 앞으로 쭈우욱 뻗어 온다.

최고의 이야기 수집가는 누구?

세상을 떠돌아다니는 주인 없는 이야기들이 있었어. 너무 재밌었지만 약한 아이들이었어. 입에서 입으로 떠도니 언제라도 먼지처럼 바스라질 수 있었지. 안 되겠다. 이 아이들을 구하자. 이야기들을 모으고 추리고 다듬어 멋진 꾸러미로 만든 사람들이 있었어.

못생겨도 재미나구먼―이솝

이솝은 기원전 지중해의 사모스 섬에서 태어났어. 얼굴이 못생기고 마음이 여려 남들에게 업신여김을 많이 받았대. 하지만 귀가 밝고 머리가 총명했지. 특히 세상에 떠돌아다니는 이야기들을 새겨듣고 재미나게 꾸며 사람들에게 들려주는 재주가 대단했지. 이솝은 그 이야기들을 수집해서 정리했어. 그렇게 모은 게 350편 정도 되는데, 너희도 들어 본 이야기가 많을 거야. 「개미와 베짱이」, 「황금알을 낳는 거위」, 「여우와 신포도」, 「서울 쥐와 시골 쥐」, 「양치기 소년」 등등. 갖가지 동물들이 주인공으로 등장하는 경우가 많고, 사람들의 어리석음을 꼬집는 교훈이 들어 있지.

끝없이 이어지는 밤의 이야기―셰에라자드

옛날 아라비아에 샤리아르라는 포악한 왕이 있었어. 처녀들과 결혼한 뒤엔 밤이 되면 죽이곤 했지. 셰에라자드는 그 소문을 듣고 일부러 왕과 결혼했어. 그러곤 밤마다 재미있는 이야기를 들려줬어. 왕은 다음 이야기가 궁금해서 안달이 났어. 그렇게 천 일하고도 하룻밤을 더해 이야기를 듣자, 왕은 자신의 잘못을 뉘우치게 되었대. 이때

세에라자드가 들려준 게 페르시아, 서아시아, 인도의 유명한 이야기들이야. 그걸 모은 게 『천일야화』. 『아라비안나이트』라고도 하지. 「신드바드의 모험」, 「알리바바와 40인의 도적」, 「알라딘의 램프」처럼 호쾌한 모험의 이야기가 많아.

무시무시하지만 아이들이 좋아해 ─그림 형제

야코프와 빌헬름 그림 형제는 독일의 유명한 교육자였어. 두 사람은 사람들이 입으로 전하는 민화들이 귀중한 문화유산이라고 생각했어. 틈만 나면 여러 가정을 다니면서 흥미로운 이야기들을 수집했지. 그리고 이걸 아이들이 읽기 좋게 고쳤어. 어지러운 이야기는 깔끔하고 인상적이도록 다듬고, 잔인하거나 거친 표현은 부드럽게 만들었어. 그래도 무서운 이야기가 많지만 말이야. 「백설 공주」, 「헨젤과 그레텔」, 「빨간 두건」, 「개구리 왕자」 같은 것들이야.

이야기는 무슨 일을 하나?

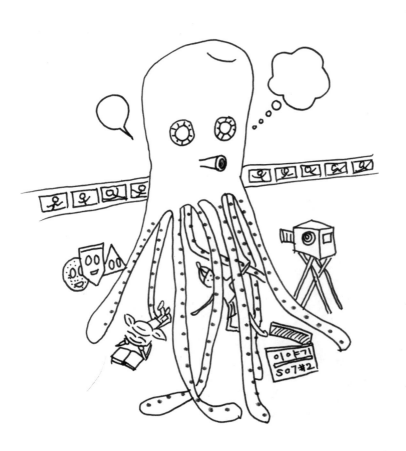

여긴 도대체 어디지? 사방이 깜깜해. 온몸이 끈적해. 어쩌다가 여기에 들어왔지. 앗, 저기 작은 빛이 보인다. 미끌미끌한 굴 같은 통로가 있다. 어서 빠져나가자. 으아, 몸이 꽉 끼었다. 멈추면 안 돼. 배를 꾸물럭꾸물럭 해서 움직여. 으아, 굴이 움직인다. 부르르 떤다.

에취! 대왕 문어가 주둥이에서 먹물과 함께 우리를 토해 낸다. 문어가 말한다.

"아휴, 재채기가 나서 한참 고생했네. 너희들은 누구냐?"

먹물을 뒤집어쓴 친구들이 손으로 얼굴을 닦아 내며 말한다.

"애고고, 우리는 이야기 여행을 다니고 있었어요."

"아, 그렇구나. 이야기 탐험선을 타고 온 친구들이구나. 어때, 여기 이야기의 바다가? 정말로 멋진 이야기들이 가득하지?"

"그래요. 굉장해요. 그런데 궁금한 게 있어요."

"그래, 물어봐. 여기 있는 대왕 문어님은 무엇이든 알고 있으니까. 특히 이야기에 관한 것이라면."

대왕 문어는 어깨를 으쓱한다. 다리가 워낙 많아서 어깨도 열 개쯤 되어 보인다.

"이야기라는 건 어째서 이렇게나 왕성하게 성장했을까요? 그러니까 사람들은 이야기를 왜 이렇게 좋아해요? 도대체 우리에게 무얼 주길래?"

"오호라. 정말로 중요한 질문이야. 이야기라는 게 그냥 심심풀이 땅콩 같지? 하지만 정말로 많은 일을 하고 있단다. 나의 이 다리처럼 말이야. 오호호호!"

대왕 문어가 다리를 흔든다. 수십 개 수백 개는 되어 보인다.

뭐든지 이루어져라—재미, 상상, 욕망

너 방금 입맛 다셨지? 나의 통통한 다리를 보고. 어떻게 알았냐고? 네 머릿속이 나한텐 다 보여. 아빠가 모락모락 냄비에서 문어를 쪄서 건져 내. 엄마는 칼로 통통 썰어 접시에 차려 놓지. 그러면 너는 젓가락으로 돌돌 말아 초장에 찍어 먹는단 말이지. 아니긴 뭐가 아냐? 네가 이런 상상한 거 다 알아. 입에서 흐르는 침이나 닦고 거짓말해. 뭐 어쩔 수 없지. 내 다리가 워낙 맛있는 건 인정해.

그건 그렇고. 생각해 봐. 누가 너한테 이런 질문을 해. "너는 문어 찜을 왜 먹어?" 바보 같은 질문이지. 너는 이렇게 대답할 테니까. "맛있으니까." 그럼, 다음 질문. 너는 이야기를 왜 좋아해? "재미있으니까." 간단하고 정확해. 이보다 더 똑똑한 답은 없을 거야.

이야기의 재미는 다른 무엇으로도 바꿀 수 없지. 어쩌면 우리는

『허풍선이 남작의 모험』의 삽화(왼쪽)과 「백 투 더 퓨처」의 포스터. 이야기는 온갖 상상의 세계를 눈앞에 가져온다.

목마르고 배고픈 것처럼 이야기를 고파하는 걸지도 몰라. 특히 세상 일이 내 마음대로 안 풀릴 때 더 생각나. 학교에서 성적표를 받았는데 엉망이야. 하굣길엔 친구와 사소한 일로 다퉜어. 그때 너는 TV를 켜고 드라마를 보거나 만화책을 펼쳐. 그리고 주인공의 이야기에 쏙 빠져들어 현실의 아픔을 잊어먹어. 우리는 힘들고 아플 때, 이야기라는 영양제를 더욱 간절히 원하거든.

이야기는 만능의 마법사야. 현실에서는 일어나기 어려운 일들을 척척 해내지. 네가 강아지와 산책을 나갔는데 숲에서 길을 잃었어. 그때 "디핀도!"라며 '해리 포터' 시리즈에 나오는 마법을 쓰면 얼마나 좋을까? 눈앞의 나뭇가지들을 잘라 내며 사사사삭 달려 나갈 수 있겠지. 친구들과 장난을 치다 교실에 있는 꽃병을 깨뜨려 버렸어. 이걸 어떻게 해? 도라에몽이라면 마법 접착제로 붙여 줄 거야. 『타임머신』에서라면 과거로 돌아가 잘못한 일을 수습할 거야. 이야기 속에서는 모두 가능해.

우리끼리 속닥속닥하는 말인데, 이야기에서는 현실에서는 금지된 일도 살짝살짝 하게 해 줘. 『로빈 후드』의 주인공은 산적, 『원피스』의 주인공은 해적이야. 산과 바다의 도적 떼야. 물론 정의롭게 행동하고 부자의 돈을 뺏어 가난한 이를 돕기는 하지. 하지만 부모님에게 이렇게 말해 봐. "나도 해적이 되어 칼과 총을 휘두르며 용감한 모험을 벌일 거예요." 그럼 당장 이렇게 말씀하시겠지. "우리 애가 머리가 이상해졌구나. 소설이나 만화는 못 보게 해야겠다." 이야기는 우리에게 위험한 일도 허락해 줘. 로봇 애니메이션을 보면 초등학생이 큰 로봇이나 우주선을 조종하고 그러잖아. 사실은 운전면허도 딸 수 없는데 말이야. 이야기는 이런 자유를 통해 우리를 갑갑한 현실에서 탈출시켜 줘.

현실의 나는 모든 일에 완벽할 수는 없어. 힘이 약해 무시당하고, 노력해도 보상을 못 받기도 해. 때로는 사람들이 내 진심을 오해하기도 하지. 하지만 이야기 속으로 들어가 주인공의 마음속에 들어가면 모든 게 달라져. 주인공은 처음에는 우리처럼 작고 약해. 심지어 훨씬 더 어려운 처지에 있을 수도 있어. 하지만 용감하게 모험에 나서고 땀 흘려 노력하면 그것을 충분히 보상받지. 우리는 그 과정을 함께하며 아주 큰 만족감을 얻게 돼. 그러면 현실에 돌아와서도 훨씬 능숙하게 세상과 맞설 수 있지.

문제의 갈림길―선택하고 성장한다

우리는 인생을 몇 번이나 살아갈까? 딱 한 번이지. 컴퓨터 게임이라면 하다가 마음에 안 들면 리셋하고 처음부터 다시 시작할 수 있지. 하지만 사는 건 그렇게 안 돼. 그래서 후회할 때가 많지. "어제 게임 안 하고 시험 공부할걸." "내가 그때 왜 친구에게 화를 냈을까?" "형이 수영 배우자고 할 때 같이 할걸. 다들 물놀이하는데 나만 짐 지키고 있네." 이럴 때는 다시 태어나서 새로운 인생을 살아 보고 싶지만 그건 불가능해. 대신 방법이 있어. 그게 뭘까? 다른 인생을 연습으로 살아 보는 거야. 어떻게? 이야기를 통해.

　이야기는 우리 삶과 닮아 있어. 아무리 작은 이야기도 그 안엔 인생이 축소되어 들어가 있어. 평범하게 살던 주인공이 어떤 사건 속으로 들어가. 도망가면 안 돼. 누구도 대신해 줄 수 없어. 주인공은 온갖 어려움을 겪고 때론 실수도 저지르지만 결국 악을 물리치고 성장하게 되지. 그리고 자신의 이야기를 마무리해. 우리 삶이 그런 모양으로 되어 있어.

모든 이야기엔 주인공이 해결해야 할 문제, 혹은 어떤 목적이 등장해. 만화 주인공 헐크는 잘못된 방사능 실험의 결과, 화가 나면 초록색 괴물이 되어 무작정 주변의 사람과 물건을 때려 부수지. 어떻게 해야 원래의 몸으로 돌아갈 수 있을까? 돌아갈 수 없다면 어떻게 내 힘을 통제할 수 있을까?

우리는 주인공과 함께 이 문제를 해결하려고 애써. 물론 가만히 앉아 있어도 이야기는 흘러가지. 하지만 우리가 주인공의 마음속에 들어가 함께 고민하지 않으면 아무런 재미도 느끼지 못해. 추리 소설을 읽으면 마치 내가 탐정인 것처럼, 주어진 정보를 해독해서 범인을 맞혀 보려고 하지. 이럴 때 우리의 머리는 공부할 때보다 훨씬 쌩쌩 돌아가.

이야기 속의 문제는 쉽게 해결되지 않아. 항상 우리를 안달 나게 하지. 그리고 주인공에게 선택의 갈림길에 서도록 해. 왕자를 사랑하게 된 인어 공주는 마녀에게 사람이 되는 방법을 알려 달라고 해. 마녀는 인어 공주가 두 다리를 얻는 대신 목소리를 잃어야 된대. "그래도 사람이 될 거야?" 왕자의 사랑을 잃자 인어 공주는 물거품이 되어 버릴 위기에 처해. 언니들이 와서 왕자를 찔러 죽이면 인어로

돌아올 수 있다고 해. "그래서 왕자를
없앨 거야?" 우리는 인어 공주와
함께 고민해. 그의 선택에 찬성
하기도 하고 반대도 해. 그러면
서 우리가 진짜 삶에서 만날 고민
들을 연습하는 거야. 만약 내가 좋아하는
사람의 행복과 나의 행복이 일치하지
않으면 어느 쪽을 선택해야 할까? 이런
고민들을 하다 보면 우리의 마음이
성장하는 거야.

　이야기는 끝없이 우
리에게　생각하는
방법을　연습시켜.
『서유기』에서 손오공, 사오정,
저팔계가 삼장법사를 모시고 함께 서역국으로
떠나. 그런데 각자의 욕심이 커서 서로 배신을 하기도

『서유기』의 주인공 손오공.

해. 이럴 때는 어떻게 배신을 막을까? 「별주부전」에서
토끼는 거북이의 꾐에 넘어가 용궁으로 가. 토끼는 어떻게 하면 목
숨을 구해 돌아올 수 있을까? 산속에 간을 놔두고 왔다고 거짓말을
했는데, 토끼는 나쁜 짓을 한 건가? 아니면 거북이가 먼저 속였으니

괜찮은 건가? 이렇게 내가 주인공인 것처럼 고민하고 해답을 찾는 과정에서 이야기의 재미는 어마어마하게 커져.

「잭과 콩나무」의 잭은 처음 등장할 때는 게으름뱅이에 무책임한 소년이야. 하지만 콩나무를 타고 하늘에 올라가 거인과 다투게 되자, 용감하고 영리하게 싸워 문제를 해결해. 잭은 금은보화만 얻은 게 아니야. 이제 진짜 믿음직한 사람으로 자라나게 되었어. 이야기는 언제나 주인공을 변신시키고 성장시켜. 그 주인공의 마음속으로 들어갔던 사람들도 함께 자라나게 되지.

맛난 떡 속에 보약이 있네─교훈, 지식, 지혜

"어흥! 떡 하나 주면 안 잡아먹지." 어라, 호랑이가 나타났네. 그래 무슨 떡을 줄까? 시루떡, 백설기, 인절미, 경단, 송편? 아 이건 어때, 이야기라는 떡. 이야기 떡엔 뭐가 들어 있냐고? 콩, 팥, 밤, 꿀보다 훨씬 맛있고도 소중한 것들이 가득해. 갖가지 짜릿한 재미가 이야기 떡을 콩고물처럼 감싸고 있지. 그리고 안에는 우리가 살아가는 데 꼭 필요한 마음의 양식들이 들어 있어.

예전의 아이들은 학교도 없었고 책도 구하기 어려웠어. 그렇다면 세상을 살아가는 방법, 지식과 지혜들을 어떻게 배웠을까? 바로 할아버지 할머니 무릎에서 듣는 옛날이야기를 통해서였어. 그런 이야

「헨젤과 그레텔」의 이야기를 담은 독일 우표. 주인공들은 지혜롭게 위기를 극복한다.

기 속엔 수만 년 동안 인류가 꼭꼭 빚어 온 최고의 교훈들이 들어 있
지. 이야기 한 편 한 편이 작은 학교라고 해도 과언이 아니야.

옛날이야기는 겁주는 걸 좋아해. 「해님 달님」에서 오누이를 쫓던
호랑이는 썩은 동아줄을 잡고 떨어져 수수밭에 피를 뿌리고 죽지.
못된 짓을 일삼던 놀부는 돈과 패물을 다 빼앗기고, 도깨비를 만나
방망이로 사정없이 두드려 맞지. 「소가 된 게으름뱅이」에선 게으름

을 피우던 소년이 소가 되어 코가 꿰인 채 고된 일을 해야 하지. 너무 무섭지 않아? 적당히 타이르면 안 되나? 이야기는 무엇이든 과장하는 버릇이 있어. 그래야 선명하게 우리 마음속에 새겨지거든. 반대로 착한 일을 한 이에겐 아주 커다란 보상을 주지. 이런 걸 권선징악이라고 해.

이야기는 사회적 규칙도 가르쳐 줘. 그러니까 이런 것들이야. 약속―손가락 걸었으면 지켜야 돼. 의무―학생이라면 꼬박꼬박 학교에 가야지. 금지―아기를 낳는 집에 함부로 들어가는 게 아냐. 여러 종교의 경전 속 이야기들도 이런 역할을 하지. 성서에는 「삼손과 델릴라」 이야기가 나와. 삼손은 미녀의 유혹에 넘어가 큰 위험을 겪지.

그런데 그냥 대놓고 "게으름 피우지 마.", "학교에 지각하지 마."라고 말하는 것과 이야기를 통해 전하는 건 뭐가 다를까? 바로 우리 스스로 고민하고 답을 찾게 만든다는 점이야. 톨스토이의 「사람은 무엇으로 사는가」에는 벌거벗은 채로 인간 세상에 떨어진 천사가 나와. 그는 구두 수선공에게 일을 배우며 '사람이 사람답게 살아가기 위해 무엇이 필요한지'를 찾아내지. 우리는 그가 겪는 이야기를 통해 함께 고민하고 함께 답을 깨닫게 돼.

이야기는 지식을 잘 감싸서 전해 주기도 해. 『보물섬』은 짐이라는 소년이 우연히 해적의 지도를 찾아내 보물을 찾으러 가는 이야기야. 우리는 짐과 함께 두근거리는 모험을 하면서 항해에 대한 지식, 해적에 얽힌 역사들을 자연스럽게 배워 나가. 『80일간의 세계 일주』 같은 모험 소설은 낯선 땅의 지리적 정보나 이국적인 문화를 알려 주고, 「동의보감」 같은 드라마를 보면 역사와 한의학에 관한 지식을 자연스럽게 얻게 돼.

예전에 내가 강의를 하러 간 학교에서 과학자 이야기만 나오면 눈을 반짝이던 친구를 만났어. 나중에 로봇 엔지니어가 되고 싶다고 아주 자신 있게 말하더라고. 어떻게 그런 꿈을 얻었냐고 물었더니, SF 드라마 「닥터 후」를 너무 좋아해서 그랬다는 거야. SF 드라마와 영화를 좋아해서 파고들다 보니 그때부터 과학 과목이 너무 재미있고 언젠가 자신이 직접 로봇을 만들고 싶어졌다는 거지. 이야기가 지식과 꿈을 한꺼번에 전해 준 거야. 이쯤 되면 그 친구가 SF 드라마에 빠져 있다고 부모님이 뭐라 그러시진 않겠지?

슬픔도 기쁨도 마음의 양식 ─ 감정과 감동

안데르센의 「눈의 여왕」에서 사악한 트롤의 거울 조각이 소년 카이의 눈과 심장에 들어가. 그때부터 카이는 세상 모든 걸 비뚤어지게 보게 돼. 카이는 정원을 부숴 버리고, 가장 친한 소녀 게르다를 멀리해. 눈의 여왕은 카이를 얼음 마차에 태워 자신의 궁전에 데리고 가. 카이는 추위를 느끼지도 못하고, 가족과 친구에 대한 기억도 잊어버리지. 하지만 게르다는 카이를 잊지 않았어. 그를 찾기 위해 먼 길을 지나 북쪽 나라에 도착해. 카이는 게르다를 알아보지도 못하고 얼음 퍼즐을 맞추고 있어. 게르다는 안타까움에 눈물을 흘리고, 그 따뜻한 눈물이 카이 심장의 거울 조각을 녹여. 이어 카이가 스스로 울고, 그 눈물이 눈에 박힌 차가운 조각도 녹이지.

감정의 소중함을 배운 건 카이와 게르다만이 아니야. 이 이야기를 들은 모든 아이들이 스스로의 감정을 되돌아보지. 나도 카이처럼 소중한 사람들에게 제멋대로 군 적은 없을까? 화가 난다고 문을 쾅 닫고 아무하고도 이야기하기 싫어한 적은 없을까? 반대로 게르다의 마음을 느끼며 생각해. 내 친구가 마음의 문을 닫았을 때 나는 어떻게 해야 할까? 그냥 딴 친구를 찾을까? 아니면 그 문을 열기 위해 노력해야 할까?

우리가 이야기를 통해 배워야 할, 무엇보다 소중한 건 감정이야. 우리는 왜 슬픈 드라마를 볼까? 무서운 영화는 왜 보지? 심지어 못된 악당이 짜증 가득한 말을 내뱉는 것까지 지켜보고 있어. 현실에서는 느끼고 싶지 않은 슬픔, 무서움, 짜증과 나쁜 감정을 왜 굳이 이야기 속에 집어넣는 거지?

왜냐면 우리는 살면서 반드시 그런 감정을 만나게 되기 때문이야. 사실은 그런 감정을 느끼지 않으면 살아가는 것조차 힘들어. 애니메이션 「인사이드 아웃」에서는 우리 마음속의 감정들이 주인공이 되

『오즈의 마법사』의 주인공들은 저마다 마음의 문제를 안고 있다.

어 나타나. 기쁨이, 슬픔이, 까칠이……. 그런 감정들은 다 자기 역할이 있어. 까칠이는 우리에게 좋지 못한 상황을 피하도록 만들지. 슬픔이는 다른 사람의 힘든 상황을 이해하고 우리의 마음을 깊이 있게 만들어. 이처럼 우리에게 그 감정들이 꼭 필요하지만, 어느 날 갑자기 부딪히면 도무지 감당할 수가 없어. 소위 '멘붕'이 된다고.

그러지 않으려면 어떻게 해야 할까? 갑자기 동생이 말을 안 들어 생기는 분노, 친구들이 나만 빼고 노는 것 같아 생기는 외로움…… 이런 아픈 감정들을 어떻게 이겨 낼까? 연습을 해야 해. 감정을 만나고 다루고 이겨 낼 수 있는 방법을 익혀 가야 해. 가장 좋은 방법이 이야기를 읽는 거야. 그 안에는 온갖 감정들이 가득하거든. 이야기

애니메이션 「인사이드 아웃」은 감정을 곰곰이 생각해 보게 해 준다.

꾼들은 우리가 그 감정을 잘 다룰 수 있도록 정교하게 배치해 두고 있어. 그리고 그런 감정들이 어우러져 최고의 순간을 만들어 내는 게 바로 '감동'이야. 이야기가 빚어낸 순수하고 아름다운 감정이 우리 마음속에 충만해지는 때지.

우리는 가족, 친구, 그리고 많은 사람들과 함께 살아가야 해. 그러려면 나만이 아니라 다른 사람의 감정도 잘 알아야 해. 모두 신나게 동아리 공연을 준비하고 있는데, 한 친구만 침울해하고 있어. 도대체 쟤는 왜 그럴까? 이때 필요한 게 '다른 사람의 입장이 되어 보는 것'이야. '감정이입'이라고 하지. 쟤가 맡은 역할이 마음에 안 드나? 집에 걱정거리가 있나? 이런 마음의 움직임이 있기 때문에, 사람들은 서로를 이해하고 함께 살아갈 수 있는 거야.

너와 나, 공통의 사회를 연결한다

갓 사귀기 시작한 남녀가 말해. "주말에 우리 뭘 할까요?" "같이 영화나 볼까요?" 이런 경우가 많지. 그런데 이상하지 않아? 서로를 알아가고 친해지기 위해서는 그 시간에 대화를 나누는 게 낫지 않을까? 깜깜한 영화관에 들어가서 두 시간 동안 각자 영화를 보는데, 그게 어째서 좋은 데이트가 되는 거지?

그런데 말이야. 여기에서도 이야기의 묘한 힘이 발휘되고 있어.

앞에서 이야기 속으로 들어가는 건 또 다른 인생을 체험하는 거라고 했잖아. 영화를 같이 보는 건, 두 사람이 함께 그 영화 속 인생을 체험하는 것과 비슷해. 같은 사건을 경험하고 비슷한 감정을 겪으면서, 둘 사이에도 나름의 이야기가 만들어진 것처럼 느끼게 되거든.

꼭 같은 시간에 함께 이야기를 볼 때만 해당되는 건 아니야. 우리가 영화, 만화, 드라마를 보고 나면 그걸 본 다른 친구와 자연스럽게 대화를 나누게 돼. "주인공이 고백할 때 너무 오글거리지 않아?" "그러게. 차라리 편지를 써서 주지." 같은 이야기를 보고 들은 사람들은 이렇게 서로를 연결해 가. 어떤 영화나 드라마에 대해 대화를 나눠 보면, 상대가 뭘 좋아하는지, 성격이 어떤지도 아주 잘 알 수 있지. 이야기는 이렇게 마을 사람들이 공동으로 물을 길어 쓰는 우물 같은 게 되는 거야. 아무리 물을 퍼도 절대 줄지 않지.

왜 베스트셀러 소설이 더 잘 팔리고, 흥행 순위 1위 영화에 관객이 더 많이 들까? 물론 그게 더 재미있고 훌륭해서일 수도 있지. 그런데 또 다른 중요한 이유가 있어. 그걸 읽고 보아야만 친구들과 대화를 나눌 수 있거든.

물론 반대로도 생각할 수 있어. 별로 유명하지 않은데, 내가 아주 좋아하는 만화가 있어. 제목을 '펭귄 삐용'이라고 해 보자. 그런데 새로 전학 온 친구의 노트에 펭귄 삐용의 스티커가 붙어 있어. "앗, 너 삐용이 좋아해?" 당장 말 걸어 보고 싶지 않겠어? 같은 이야기를 좋아하는 사람 사이에는 아주 끈끈한 공감대가 만들어져.

우리가 고전이나 명작이라고 부르는 영화나 소설들이 있지. 그것들은 이미 작가의 손을 떠나 전 세계인의 이야기가 되었어. 네가 여름 캠프에서 외국에서 온 친구를 만났어. 어떻게 말을 걸까? "'해리 포터' 시리즈 좋아해? 제일 좋아하는 마법이 뭐야?" 네가 북한 아이들과 통일에 대해 토론하게 되었어. 무엇으로 예시를 들까? 「토끼와 거북이」 같은 전래 동화, 『홍길동전』 같은 고전 소설을 이야기하면 금세 뜻이 통할 거야.

이야기는 국경과 언어를 넘어 사람들을 연결시켜 줘. 그것만이 아니야. 이야기는 시간의 장애도 훌쩍 뛰어넘지. 몇천 년 전에 이솝 아저씨가 지은 「여우와 신포도」가 오늘의 우리에게까지 전해지잖아. 이야기의 진정한 역할은 여기에 있는지도 몰라. 제각각 떨어져 혼자만의 생각과 감정에 갇혀 있는 사람들을 '인류'라는 커다란 공동체로 묶어 내는 끈이지.

이야기를 듣는 사람들은 이렇게 자신도 모르게 재미, 교훈, 감정 같은 걸 얻을 수 있어. 그런데 말이야. 이야기를 만드는 사람들은 그 이상의 무언가를 얻기도 해.

영국 요크셔의 황량한 시골에 샬럿, 에밀리, 앤이라는 세 자매가 살았어. 어머니는 일찍 세상을 떠났고, 목사인 아버지는 지나치게 완고했지. 집 주변은 황량하기 그지없고, 날씨도 무척 나빠 비바람

샬럿, 에밀리, 앤을 그린 이 초상화
는 남매간인 패트릭 브란웰 브론테
의 작품이다.

만 가득했지. 먼저 태어난 언니 둘도 전염병으로 죽고 말았어. 자매
들은 너무나 외롭고 쓸쓸했기 때문에 자기들끼리 이야기를 나누고
글을 쓰기 시작했어. 살아 있는 즐거움은 이야기밖에 없었다고나 할
까? 자매들은 1847년에 각각 『제인 에어』, 『폭풍의 언덕』, 『아그네스
그레이』라는 소설책을 써냈어. 특히 앞의 두 작품은 영국에서 가장
유명한 소설로 기억되고 있어. 가난하고 외롭지만 삶에 대한 열정을
가진 여성들의 마음을 너무나 잘 대변했기 때문이야.

　이야기란 어쩌면 다른 누구보다 쓰는 사람의 마음을 위로하는 수

단일지도 몰라. 너희들은 어떠니. 마음속에 감추어 둔 말이 없니? 서러운 일을 당했거나 누구도 나를 이해하지 못한다 싶을 때 말이야. 나를 대신해 줄 주인공의 이야기를 써 보고 싶지 않니? 그런 마음이 생긴다면, 직접 이야기를 만들어 보고 싶은 꿈을 얻었다면, 이제 새로운 곳으로 떠나갈 때야. 이야기의 바다 한가운데 우뚝 솟은 섬 위에는 멋진 공장이 있단다. 그곳을 찾아가 보도록 해.

이야기 공장과
스토리텔링의 비법

쿵쾅창창 쿵쾅창창. 안녕! 여기까지 오느라고 수고 많았어. 이곳은 이야기 공장이야. 그리고 나는 스토리 웡카라고 해. 혹시 『찰리와 초콜릿 공장』이야기 알아? 찰리라는 소년이 초콜릿 포장지 안에 든 황금빛 초대장을 얻어. 그것만 있으면 윌리 웡카의 초콜릿 공장을 견학하고, 평생 먹을 수 있는 과자를 얻을 수 있지. 나는 윌리 웡카의 친척인 스토리 웡카야. 초콜릿 공장 대신 이야기 공장을 관리하고 있지. 세상의 모든 이야기들을 쿵딱쿵딱 만들어 내는 곳이야.

대왕 문어에게 너희 이야기를 들었어. 이야기의 놀라운 능력을 듣다 보니 너희들도 입이 근질근질할 거야. 이렇게 재미있고도 훌륭한 일을 하는 게 이야기라니. 직접 만들어 보고 싶을 거야. 너희 마음속에서 갖가지 주인공과 사건들이 움찔움찔 튀어나오려고 안달하고 있을지도 몰라.

미래의 소설가나 시나리오 작가를 꿈꾸지 않아도 좋아. 누구든 살아가다 보면 이야기를 만들고, 이야기를 다루고, 이야기로 사람들을 설득해야 돼. 방학 때 겪은 일을 친구들에게 재미있게 들려주고 싶지 않아? 연습장에 그린 만화를 웹툰 사이트에 올려 보는 건 어때? 자기소개서에 내가 겪은 일을 근사하게 적어야 할 때도 있지. 언젠가 멋진 영화나 애니메이션을 만드는 꿈을 꿔도 좋아. 그 모든 걸 만들어 내는 방법을 '스토리텔링'이라고 해. 바로 이곳 이야기 공장에서 스토리를 뽑아내는 특급 비법이지. 이제 나와 함께 공장을 견학하며 스토리텔링의 재미를 알아보자고.

우리는 타고난 이야기꾼

혹시 이런 걱정부터 들어? 내가 과연 이야기꾼이 될 수 있을까? 태어나서 한 번도 이야기를 만들어 본 적 없다고? 어허 아닐 텐데. 그럴 리가 없는데. 그렇다면 부끄럽지만 나의 이야기부터 들려줄게.

내가 초등학생 때, 누나와 형이 싸웠어. 형은 씩씩대며 밖으로 나가고, 누나는 뾰로통해서 책상에 얼굴을 묻고 앉았어.

그때 내가 왜 그랬는지 몰라. 누나의 기분을 풀어 주고 싶었나? 나도 모르게 방을 어슬렁거리며 말했어.

"옛날 옛날에……."

내가 울적할 때 할머니가 옛날이야기를 해 주면 기분이 좋아졌던 기억이 난 걸까? 아무튼 그렇게 시작했어. 그러다 달력에 있는 새 그림이 보였어.

"옛날 옛날에…… 파닥새가 살고 있었어요."

아차, 파랑새라고 해야 하는데 나도 모르게 파닥새라고 말해 버렸어. 그렇지만 어쩌겠어. 주인공의 이름은 파닥새가 되어 버렸어. 하는 수 없이 양팔을 날개처럼 휘저으며 입으로는 소리를 냈지.

"파다악~ 파다악~ 파닥새는 파다악~ 파다악~ 난다고 파닥새였어요. 하루 종일 바다를 날아다녔죠."

그때 누나가 앉은 의자가 보였어.

"그러다 저녁이 되어 집으로 돌아가게 되었어요. 아이고, 배가 고픈데 지렁이 라면이라도 끓여 먹어야겠다."

누나가 갑자기 고개를 들어 나를 쩨려봤어. 그러곤 다시 팔에 얼굴을 묻었어. 나는 날갯짓의 속도를 줄였어.

"파닥새는 바닷가에 앉은 물개가 너무 무서웠어요. 파다악~ 파다악~ 어떻게 하면 물개를 물리칠 수 있을까? 마법사에게 배운 주문을 기억하려고 했어요. 그 주문이 뭐더라?"

"야! 그만두지 못해?"

아차! 누나가 소리를 지르며 나를 잡아먹을 듯이 노려봤어. 그 바람에 나는 비틀하며 방바닥에 넘어지고 말았어. 그러곤 소리를 질렀지.

"파다악~ 꽥! 파다꽥!"

그걸 보고 누나는 풉 하고 웃음을 터뜨렸어. 나는 바닥에서 버둥대면서도 이야기를 그치지 않았어.

"그 주문은 파다꿱이었어요. 파다꿱! 그 주문을 외우면 모두 가 웃음을 터뜨릴 수밖에 없어요."

누나는 깔깔깔 웃음을 멈추지 못했어. 눈물까지 흘릴 지경이 었어. 게다가 더 놀라운 일이 벌어졌어. 문밖에서도 껄껄껄 웃 음소리가 들리는 거야. 형도 문밖에서 몰래 내 이야기를 듣고 있었던 거야.

어때? 이게 내가 태어나서 처음 만든 이야기야. 연기까지 멋들어 지게 했지. 그 덕분에 그날 밤 우리는 사이좋게 저녁을 차려 먹을 수 있었어.

뭐 별거 아니라고? 시시한 이야기라고? 그래. 사실 너희들도 이 정도 이야기는 쉽게 만들 수 있어. 더 멋진 이야기를 만든 경험들도 있을 거야. 방 안에 있는 로봇, 곰, 공룡, 심지어 선인장 화분까지 주 인공 삼아 황당무계한 모험 이야기를 만들기도 했을 거고. 읽고 있 던 동화의 이야기를 살짝 바꿔서 동생에게 들려준 적도 있을 거야. 별로 놀랍지도 않아. 사실 우리에게는 이야기를 만드는 능력이 내장 되어 있거든.

예전에 프리츠 하이더와 마리아네 지멜이라는 사람이 짧은 동영 상을 만들었어. 아주 단순해. 네모 칸 안에서 삼각형 두 개와 동그라

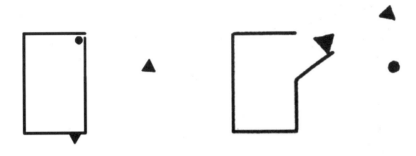

프리츠 하이더와 마리아네 지멜의 실험 영상.
사람들은 간단한 도형의 움직임을 보고 갖가지 이야기를 상상해 냈다.

미 하나가 움직이는 영화야. 그런데 이걸 본 사람들이 대부분 이렇게 말했어. "삼각형 둘이 동그라미의 사랑을 얻기 위해 다투고 있어요." 도대체 왜 그런 생각들을 했을까? 어째서 아무 의미 없는 무생물의 움직임을 이야기로 변신시켜서 이해할까?

우리 뇌에는 거울 신경 세포라는 게 있어. 그래서 우리가 직접 어떤 일을 하지 않고 남이 하는 것만 보거나 들어도, 내 뇌가 마치 그일을 하는 것처럼 움직이는 거지. 땅콩 껍질 까는 소리만 들어도 마치 직접 까는 것처럼 뇌가 움직여. 무생물보다는 동물이나 사람의 일에 더 잘 반응하지. 야구 경기를 구경하는데, 내가 응원하는 선수가 딱 하고 홈런을 쳤어. 마치 내가 친 것처럼 즐거워 날뛰지. 반대로 내가 응원하는 팀이 실수를 하면 내가 막 안타까워. 우리는 이런

영화를 사랑한 소년의 이야기 「시네마 천국」의 한 장면.

능력으로 바깥세상에서 일어난 일들을 내 것처럼 받아들일 수 있어.

이렇게 다른 사람을 이해할 수 있는 능력이 발전하면 이야기를 알아듣고 즐기는 능력이 돼. 만화 주인공인 맹꽁맨이 악당과 싸우다가 펀치를 맞고 나가떨어졌어. 나도 너무 분해. 만화 속 이야기를 마치 내 것처럼 받아들이는 거지. 그러곤 내가 맹꽁맨이 된 것처럼 어떻게 하면 복수를 할 수 있을까 고민하게 돼. 나 역시 새로운 이야기를 머릿속으로 상상하게 돼.

그렇다면 이야기는 어떻게 만드느냐고? 이야기를 이해하는 회로는 어렵지 않게 이야기를 만드는 회로로 바꿀 수 있어. 내가 직접 삼각형 두 개와 동그라미를 움직이면서 말할 수 있어. "이것 봐. 삼각형 하나가 동그라미랑 가까워지니 다른 삼각형이 삐졌어." 대부분의 사람들이 이런 이야기를 쉽게 만들어 내.

우리는 이런 능력을 항상 사용하고 있어. 소꿉놀이나 인형놀이 했을 때를 생각해 봐. 인형이 아빠나 엄마가 되고, 돌덩이가 괴물이 되고, 솔방울이 우주선이 되고 그러잖아. 꿈에서 이런저런 생각과 감정의 조각들을 만나면 그걸 연결해 그럴듯한 이야기로 만들기도 해. 그리고 사실 거짓말을 할 때도 이야기를 잘 지어내지. 내가 약속에 늦었는데 늦잠 잤다고 친구에게 말하려니 너무 미안해. "내가 정말 일찍 출발했거든. 그런데 길에서 길을 잃고 우는 애를 만난 거야." 그러면서 가상의 미아를 등장시켜 그럴싸한 이야기를 만들어 내지.

너희는 모두 천부적인 이야기꾼이야. 그러니 걱정하지 말고 시작해 보자고. 이제부터 나만의 이야기를 만들어 보는 거야.

이야기 만들기―다섯 손가락의 비법

만화 「피너츠」에 나오는 강아지 스누피는 소설가가 꿈이야. 그래서 개집 위에 올려놓은 타자기 앞에서 끙끙대곤 하지. 처음엔 신나게 타자기를 두드려. "어느 어둡고 폭풍 치는 밤이었다." 그런데 항상 여기서 끝이야. 첫 구절을 쓴 뒤에는 도무지 앞으로 나가지 못해. 왜 그럴까? 처음부터 너무 욕심을 냈어. 긴 이야기를 처음부터 끝까지 쭈욱 써 내려가는 건 천재 소설가들도 하기 어려운 일이지. 그러면 어떻게 할까?

먼저 이야기의 작은 조각들을 찾아. "냄새를 아주 잘 맡는 강아지를 주인공으로 삼을 거야." "깜깜한 밤에 번개가 떨어지는 걸로 무서운 장면을 만들 거야." 그런 걸 이리저리 붙여 적당히 뼈대를 만들어. 그리고 거기에 아기자기한 살을 붙이면 돼. 마치 너희들이 블록을 조립해서 자동차나 공룡을 만들듯이 말이야. 그래도 알듯 말듯 하다고? 좋아. 이제부터 이야기 공장에서만 사용하는 특급 조립법을 알려 줄 테니 차근차근 따라 해 봐. 이건 이야기를 만들 때만이 아니라, 남의 이야기를 이해할 때도 큰 도움이 돼.

먼저 다섯 손가락을 쫙 펴 봐. 그 손가락이 너희를 도와줄 거야.

일단 짧게 말할 테니 따라 해 봐. 손가락을 하나씩 꼽으면서. 엄지는 주인공, 검지는 배경, 중지는 문제, 약지는 사건, 마지막 새끼손가락(소지)은 주제와 결말. 『홍길동전』을 예로 들어 볼게.

  1. 엄지-주인공: 홍길동이라는 서자가

  2. 검지-배경: 조선 시대 양반 가문에서

3. 중지-문제: 아버지를 아버지라 부르지 못해 서러워해서

4. 약지-사건: 집을 뛰쳐나와 도적 떼를 모아 관군과 싸우다가

5. 소지-주제와 결말: 이상을 펼치기 위해 율도국을 세웠다.

이 조립법에 따라 나온 이야기들을 쭈욱 이어 보자.

홍길동이라는 서자가 조선 시대 양반 가문에서 태어났어. 하지만 아버지를 아버지라 부르지 못해 서러워하다가 집을 뛰쳐나왔지. 그리고 도적 떼를 모아 관군과 싸우다가, 결국 이상을 펼치기 위해 율도국을 세웠어.

이게 바로 이야기의 뼈대가 되는 거야. 영화에서는 시놉시스라고 불러. 너희도 손가락을 꼽아 가며 이런 시놉시스를 만들 수 있어.

그런데 잠깐. 이야기를 적당히 만들어 낸다고, 모두가 저절로 흥미로워지는 건 아니야. 사람들의 마음을 사로잡아 처음부터 끝까지 숨도 못 쉬게 할 수는 없을까? 각각의 손가락에 담겨 있는 세부적인 비결들을 알면 큰 도움이 될 거야.

주인공과 등장인물 — 캐릭터

먼저 엄지를 딱! 이야기에선 누가 최고야? 당연히 주인공이지. 주인공이 얼마나 중요하냐면, 이야기의 제목이 주인공 이름인 경우가 아주 많아. 『피노키오』, 『피터 팬』, 『심청전』, 『해리 포터와 마법사의 돌』…… 빨리 날 말려 줘. 쉬지 않고 백 개는 댈 수 있겠다.

주인공은 우리가 이야기를 들으며 계속 쫓아가야 하는 사람이지. 주인공은 행동하고 선택하고, 온갖 사건들을 만들어 가. 너희들이 이야기를 만든다면, 무엇보다 그 주인공에 대해 잘 알고 있어야 해. 나이, 성별, 성격, 하는 일 등…… 여기에서 중요한 점이 있어. 이야기를 듣는 사람에게 그 모든 걸 시시콜콜하게 알려 줄 필요는 없어. 꼭 필요한 거만 알려 주면 돼.

주인공은 어떤 사람이어야 하나? 특별한 능력을 가진 사람? 헤라클레스, 슈퍼맨, 전우치……. 그래, 많은 이야기들이 우리에게 남다른 능력을 가진 사람이 되고 싶은 꿈을 실현시켜 주지. 하지만 너무 뛰어나기만 하면 곤란해. 사람들의 마음을 사로잡을 수 없어. 거인 골리앗과 작은 다윗이 싸우면, 사람들은 누구를 응원해? 약한 쪽이 큰 적을 물리치는 걸 좋아하지. 해리 포터도 출중한 마법의 능력을 가지고 있지만, 처음부터 마법학교 전교 회장을 하고 모두의 추앙을 받았다고 생각해 봐. 결코 우리의 응원을 받지는 못했을 거야.

주인공은 이야기를 통해 변화하고 성장해야 해. 처음부터 끝까지 똑같은 모습의 주인공. 이거 재미없잖아. 처음엔 약하고 우리와 비슷한 약점을 가지고 있어. 하지만 이야기를 통해 점점 커 나가지. 그러면 우리는 그와 함께 자라는 것처럼 여기고 박수를 쳐. 피노키오는 학교도 빠지고 거짓말을 일삼는 나무 인형이었지만, 여러 모험을 거친 뒤에 진짜 사람 아이가 돼.

주인공이라고 하니까 헷갈릴 수도 있겠다. 이야기엔 주연만 있는 게 아니지. 주인공과 다투는 악역이나 라이벌도 필요해. 놀부 없는 『흥부전』, 뺑덕 어미 없는 『심청전』…… 상상이나 돼? 악역이 주인공보다 매력적으로 느껴질 때도 적지 않아. 그리고 주인공을 도와주

영화 「캐스트 어웨이」에서 무인도에 표류한 주인공은 배구공에 윌슨이라는 이름을 붙이고 친구로 삼는다.

는 감초 같은 조연도 인기가 높지.『피노키오』에서 양심의 소리를 전해 주는 귀뚜라미나『피터 팬』을 따라다니며 대화 상대가 되어 주는 팅커벨 같은 역할 말이야.

이렇게 주연, 조연, 악역 모두를 통틀어 캐릭터(character)라고도 해. 캐릭터는 등장인물, 그리고 성격을 뜻하기도 해. 왜냐면 등장인물에게 가장 중요한 게 성격이거든. 옛 우화에는 동물 주인공들이 많이 나와. 왜 그럴까? 여우는 교활하고, 토끼는 까불고, 거북이는 끈기 있고…… 이런 성격들을 이미 표현하고 있기 때문이야. 누구든 쉽게 캐스팅해서 연기를 시킬 수 있지.

이야기란 성격들이 서로 부딪히는 게임이기도 해. 「인사이드 아웃」에서는 마음속 감정들이 아예 캐릭터로 등장해서 아주 분명한 성격들을 보여 주지. 언제나 밝고 명랑한 기쁨이, 우울하지만 차분한 슬픔이, 항상 걱정투성이인 소심이……. 이런 성격들은 주인공의 외모, 행동, 말투에서 자연스럽게 드러나. 중요한 선택을 할 때 그 성격이 영향을 미치는 건 당연하고.

이야기를 시작할 때, 주인공의 성격을 보여 주면서 관객들의 마음을 사로잡는 방법이 있어. 할리우드 영화가 즐겨 쓰는 수법인데, '고양이를 구해 줘(Save the Cat)'라고 해. 영화가 시작하고 초반 10분 안에 주인공이 작지만 착하고 용감한 일을 하는 거야. 교통사고가 날 법한 고양이를 구해 준다든가 하는 거지. 그러면 관객들이 그 주인공에게 마음을 주게 돼. 혹은 반대로 스스로 문젯거리를 만들기도 해. 억울한 일로 야단을 맞기도 하고, 실수를 해서 난처해지기도 하지. 그러면 우리는 함께 분개하면서 주인공이 이겨 나가길 바라지.

언제 어느 곳에서 — 배경과 무대

다음은 검지를 까딱까딱. 이리 와, 이리 와. 이야기가 일어나는 곳으로 가야지. 이야기가 벌어지는 시간과 장소와 상황, 이걸 배경 혹은 영화 '스타워즈' 시리즈는 각각의 에피소드를 시작할 때 전체적인 배경을 알려 준다.

무대라고 해.

배경은 주인공이 사건을 만나는 시간과 공간이야. 보통 이야기를 시작할 때 알려 주지. 많은 동화들은 이렇게 시작하지. "옛날 옛적 깊은 산속 마을에……."「스타워즈」라는 영화는 이렇게 시작해. "은하수 저 너머, 멀고 먼 곳에서……."

이야기는 어느 곳이든 무대로 삼을 수 있어. 공룡이 사는 선사 시대, 화성 탐험에 나선 우주선 조종실, 수학여행을 간 낯선 도시……. 물론 집이나 학교 같은 일상의 공간도 무대가 될 수 있어.

배경에 따라 이야기의 성격이 아주 달라지기도 해. 학교 식당에서 일어나는 이야기와 카리브 해의 해적선에서 일어나는 이야기는 스

애니메이션 「주토피아」는 동물들이 사는 도시 자체가 주인공이다.

케일부터 다르지. 놀이동산을 무대로 한다면 놀이기구를 타고 신나게 움직이는 장면을 기대할 테고, 도서관이 무대가 된다면 차분하지만 섬세한 이야기를 기대할 거야.

때로는 배경 자체가 주인공급으로 활약하기도 해. 애니메이션 「주토피아」는 사자, 코뿔소, 토끼, 나무늘보 등 갖가지 동물들이 자유롭게 어울리며 살아가는 '주토피아'라는 도시가 아니었으면 일어날 수 없는 이야기지. 『로빈슨 크루소』나 『십오 소년 표류기』는 무인도가 아니면 이야기가 안 되지. 무인도는 악역이자 동료야. 때론 주인공에게 어려운 과제를 주고, 때로는 근사한 아이템을 선물하기도 해. 주인공이 무인도를 벗어나 집으로 돌아가면 이야기가 끝이 나.

배경은 너무 넓지 않은 곳이 좋아. 추리 소설 같은 경우에는 특히 제한되어 있어야 하지. 폭설로 꼼짝할 수 없는 산장 같은 곳에 일부러 범인과 탐정을 집어넣기도 해. 너희들이 충분히 다룰 수 있는 작은 무대에서부터 이야기를 시작해 봐.

이야기를 굴려 간다 ─ 문제

세 번째 손가락은 가장 높은 곳이지. 바로 주인공이 애써 넘어가야 할 문제야.

말썽이 없는 이야기는 없어. SNS에 '#이야기를_시작하기도_전에_끝내 보자'라는 시리즈가 있어. '성냥팔이 소녀는 성냥이 너무 잘 팔려 집에 일찍 돌아갔습니다.' '놀부는 흥부가 결혼하자 재산의 절반을 나눠 주었습니다.' 어때? 말썽이 없으면 세상이 평화롭기는 할 거야. 하지만 이야기는 태어날 수조차 없어. 이야기란 결국, 주인공이 말썽을 만나고 그걸 해결하는 과정을 그린 거야. 주인공은 문젯거리를 만나든지, 아니면 자기 스스로 말썽거리가 되어야 해.

프란츠 카프카의 「변신」은 이렇게 시작해. "어느 날 아침 뒤숭숭한 꿈에서 깨어난 그레고르 잠자는 자신이 흉측한 벌레로 변한 걸 알아차렸다." 이런 이런, 징그러운 벌레를 만나기만 해도 괴로운데, 주인공 자신이 벌레가 되다니. 과연 주인공은 어떻게 될까? 궁금해서 미칠 것 같아. 이야기는 이렇게 문제라는 올가미로 우리를 옭아

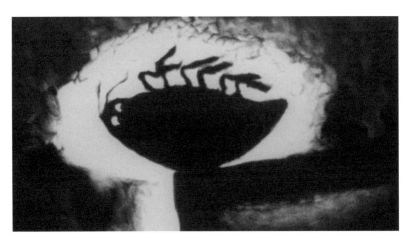

프란츠 카프카의 소설 「변신」을 소재로 만든 캐롤라인 리프의 애니메이션 「미스터 삼사의 변신」.

매지. 크크크, 끝까지 읽지 않곤 못 배길 거다.

문제들 중에도 특별히 우리를 사로잡는 게 있어. 사람이 죽고 사는 문제, 사랑에 얽힌 문제가 대표적이지. 또 주인공이 저지른 실수도 어떻게든 해결해야 해. 죄책감이라는 게 가장 무거운 감정이기 때문에 어떻게든 털어 내야 하거든.

문제는 빨리 해결되면 안 돼. 오히려 눈덩이처럼 굴려 키워 가는 게 재미있지. 「잭과 콩나무」에서는 게으름뱅이 잭이 소를 데리고 가서 콩 세 알과 바꿔 오는 걸로 말썽을 시작하지. 그 콩을 심었더니 구름을 뚫고 하늘까지 자라 버려. 문제가 커졌어. 잭은 또 그게 궁금해서 콩나무를 타고 하늘 위로 올라가. 이야기는 이렇게 작은 문제가 큰 문제로, 또 더 큰 문제로 커져 가는 경우가 많아.

주인공보다 독자들이 먼저 문젯거리를 알아채는 경우도 있지. 거짓말로 주인공을 속이는 사람이 있는데 주인공은 계속 모르고 당하기만 해. 결국 주인공이 거짓말쟁이의 정체를 밝혀내면 이야기는 끝이 나. 문제가 뭔지 찾아가는 과정 자체가 이야기가 되는 거야.

오르락내리락 롤러코스터 — 사건과 플롯

네 번째 손가락은 사건이야. 주인공이 어떤 일을 겪느냐? 즉, 누구를 만나고 어떻게 싸우고 무엇을 얻고 누구와 사랑하고…… 이런 것들이지.

이야기 속의 사건은 단번에 끝나지 않아. 사슬처럼 이어져 있지. 「아기 돼지 삼 형제」에 등장하는 돼지는 왜 하나나 둘이 아니고 삼 형제일까? 단번에 늑대를 이기면 재미없어. 두 번도 너무 짧아. 네 번은 지루할 것 같아. 그래서 두 번 실패하고 안달 나게 만든 뒤에 세 번째에 성공의 기쁨을 맛보게 하지. 이렇게 해야 이야기의 굴곡이 생기는 거야. 놀이동산의 롤러코스터를 타듯이 슈우웅 올라갔다 뚝 떨어지는 짜릿함을 느끼게 하지.

이런 이야기의 흐름을 '플롯(plot)'이라고 해. 주인공은 플롯에 따라 여러 장애를 겪거나 도움을 받아. 때론 성공하고 때론 실패하지. 그런데 언제 이기게 하고 언제 지게 할까? 사람들은 오랫동안 이 기술을 갈고닦았어. 「신데렐라」를 예로 가장 일반적인 사건의 굴곡을 알아볼까?

- 발단: 신데렐라가 나쁜 계모와 언니들에게 구박을 받는다.
- 전개: 무도회가 열린다. 계모와 언니들은 신데렐라에게 고된 일을 시키고 무도회에 가 버린다.
- 작은 절정: 신데렐라는 요정의 도움으로 드레스, 마차, 유리 구두를 마련하고 성의 무도회장으로 간다. 왕자와 만나 사랑에 빠진다.
- 위기: 자정이 되어 마법이 풀리자 서둘러 집으로 돌아간다. 유리 구두 한 짝을 떨어뜨린다.
- 전개: 왕자는 구두의 주인을 찾기 위해 마을을 돌아다닌다.
- 긴장의 고조: 왕자가 신데렐라의 집에 찾아온다. 언니들의 발은 구두에 맞지 않는다.
- 큰 절정: 신데렐라의 발에 딱 맞는다. 왕자가 그녀를 선택한다.
- 결말: 신데렐라는 왕자와 결혼한다. 계모와 언니들은 처벌을 받는다.

우리가 흔히 배우는 '기승전결'도 이런 굴곡을 만드는 한 방법이야. 그러나 모든 이야기가 이런 구성은 아니야. 「드래곤볼」 같은 만화나 많은 게임에서는 주인공이 성장하며 점점 강한 상대를 만나는 식으로 진행되지. 이런 걸 '계단식 구조'라고 해. 무서운 영화의 경우

주인공이 이기고 행복하게 끝났다 싶을 때, 갑자기 괴물이 살아나면서 이야기가 끝이 나기도 하지.

이야기를 흥미롭게 하기 위해 다양한 방법으로 사건을 배치하고 플롯의 굴곡을 이어 가. 그중에 특별 비법이라고 할 만한 것 몇 가지를 소개해 볼게. 이야기를 듣는 사람이 이런 말을 한다면 성공한 거야.

**이런 이야기
처음인데**

사람들은 무엇보다 새로운 이야기에 귀를 쫑긋 세워. 특히 이야기의 초반에 사람들을 솔깃하게 하는 사건을 넣으면 좋아.『투명인간』에서처럼 몸이 투명해지는 약을 개발했다거나,『로빈슨 크루소』에서처럼 배가 난파해 무인도에서 깨어났다거나.

그럴싸한데

낯설고 특이한 이야기라고 무조건 박수를 받는 건 아냐. 상상이라고 하더라도 사람들이 납득할 수 있어야 하거든. 꼬마가 갑자기 준비 없이 거대한 용을 물리치고 이러면 곤란해. 이야기는 특이한 사건으로 사람들을 '솔깃'하게 만든 뒤에 '그럴싸한데'라는 말을 들어야 해. 이런 걸 개연성이라고 하지.

**나라면
이렇게
할 텐데**

우리가 이야기에 특히 집중할 때는 주인공이 갈등하고 선택하는 순간이야. 「알라딘의 램프」에는 소원을 들어주는 램프의 요정이 등장하지. 그런데 알라딘이 어떤 소원을 말할지 고민할 때, 우리도 똑같이 고민해. 이게 좋을까, 저게 좋을까? 그 선택에 따라 이야기가 전혀 다른 방향으로 나아가기도 하지.

**마음이
찡해**

모든 사건이 겉으로 드러나는 건 아냐. 때로는 주인공의 마음속에서 훨씬 큰 사건들이 벌어지지. 그래서 행동만큼이나 대화가 중요해. 주인공인 형이 동생이 모아 둔 돈을 잃어버렸어. 온갖 노력 끝에 잘못을 수습하려 했지만, 지나간 과거는 돌이킬 수 없어. 마침내 동생이 형의 노력을 깨닫고 전화를 걸어. 과연 무슨 말을 할까? 두근두근하지 않아?

깜짝이야

추리 소설이 시작되었는데, 누가 봐도 범인이 뻔한 사람이 있어. 온몸에 피가 묻어 있고, 범행 현장에는 그 사람 지문투성이야. 그런데 그가 진짜 범인이면, 재미가 있을까 없을까? 이야기는 놀이기구 타는 것과 비슷하다 그랬지? 그러니 깜짝 놀라게 할 무엇이 필요해. 특히 이야기가 끝날 때 전혀 다른 해답을 줄 때가 있어. 이걸 반전이라고 하지.

이제 반대로 말해 볼게. 이야기를 듣는 사람이 이런 말을 하게 만들면 안 돼.

누굴 바보로 아나?

"네 개를 주지 말고, 두 개 더하기 두 개를 주라." 「토이 스토리」, 「니모를 찾아서」, 「월-E」를 만든 애니메이션 감독 앤드루 스탠턴이 한 말이야. 이야기를 듣는 사람에게 너무 꼬치꼬치 설명해 주지 말라는 거야. 적당히 힌트만 주고 직접 상상하고 풀게 만들어야 해. 우리는 타고난 스토리텔러이고 문제 해결자야. 주인공이 겪는 문제를 우리 자신이 해결하고 싶어 해.

반칙이야

우연이 모든 걸 해결하게 해서도 안 돼. "주인공을 사건에 휘말리게 하는 우연은 좋다. 하지만 사건을 해결하고 빠져나오게 하는 우연은 곤란하다." 데우스 엑스 마키나(deus ex machina), 기계장치의 신이라는 말이 있어. 고대 그리스 연극에서 극이 끝날 즈음, 기중기 같은 걸 타고 멋지게 생긴 신이 등장해. 그리고 악역을 벌하고 문제를 해결해. 이런 거 재미없잖아. 게임이라면 치트 키를 써서 이겨 버리는 거라고.

데우스 엑스 마키나를 재현해서 공연한 연극 「메데이아」.

영화를 비롯한 모든 이야기는 어쨌든 '끝'이 나야 한다.

대단원의 막 — 주제와 교훈

세상의 모든 이야기가 네 맘에 들지는 않을 거야. 어떤 이야기는 너무 뻔해. 쓸데없이 설명만 많아. 너무 잔인해. 그런데 정말 최악의 이야기가 뭔지 말해 줄까? 질질 끌면서 끝맺을 줄 모르는 이야기, 하다가 그만둔 것 같은 이야기……. 모두가 결말이 문제야.

이야기는 우리를 별세계로, 다른 인생 속으로 여행을 떠나게 해. 그렇다면 언젠가 집으로 돌려보내 줘야 하잖아. 그게 바로 이야기의 결말이야. 아무리 과정이 들쑥날쑥했어도 끝만 잘 마무리하면

용서해 줄 수도 있어. 반대로 미끈하게 이야기를
뽑아내다가 마지막에 '이게 뭐야.' 하고 실망시키면
곤란해. 이야기의 결말은 우리에게 긴 여행, 즐겁지만
힘들었던 미션을 마쳤다는 만족감을 줘. 그리고 그
순간에 지금까지 애써 찾아낸 교훈들을 영글게 해.
그만큼 신경을 써야 해.

　『오즈의 마법사』에서

이탈리아 테마파크에 있는
거대한 피노키오 상.

도로시는 회오리바람을
타고 낯선 나라로 날아가지.
그곳에서 온갖 모험을 겪으며 허수아비,
양철 나무꾼, 사자가 각자의 문제들을 해결할
수 있도록 도와줘. 그리고 마지막엔 도로시 자신도
구두를 두드리는 마법을 사용해 집으로 돌아와.
그러면서 이런 교훈을 얻어. "집보다 나은 곳은 없다
(There is no place like home)." 마법과 모험의 세계도
즐거웠지만, 따뜻한 가족이 기다리는 집의 소중함이 더
욱 크다는 거야.

　주제와 교훈은 이야기의 마지막에 빛이 나지만, 이야
기의 모든 순간에 꾸준하게 힘을 발휘해야 해. 『피노키
오』는 유혹에 쉽게 넘어가는 나무 인형을 주인공으로

내세워, 독자들에게 착한 아이가 되어야 한다고 꾸준히 알려 줘. 여우와 고양이에게 속기도 하고, 거짓말하다 코가 길어져 들통나기도 하고, 놀이동산에서 당나귀로 변하기도 하지. 피노키오가 처음부터 착한 아이였다면 이야기도 재미없었을뿐더러, 우리에게 진정한 교훈을 주지도 못했을 거야.

많은 동화는 '그리고 모두 행복하게 살았습니다.'로 끝이 나지. 착한 사람은 보상을 받고, 나쁜 사람은 벌을 받아. 그러나 비극이라는 종류의 이야기에선 주인공이 지거나 혹은 죽는 걸로 끝나기도 해. 참으로 안타까운 일이지. 어차피 작가 마음대로 만드는 이야기인데 이기는 걸로 만들면 안 되나? 하지만 우리는 주인공이 희생당하는 것에서 더 큰 감동을 받고, 눈물을 흘리며 마음을 정화하기도 하지. 카타르시스라고 해.

로알드 달의 동화 『마녀를 잡아라』에서 주인공 소년은 마녀에 의해 쥐로 바뀌어. 소년은 쥐 인간의 생명이 9년밖에 안 된다는 걸 담담하게 받아들여. 그래도 자신이 사랑하는 할머니의 남은 생을 함께할 수 있다며. "정말 너의 나머지 인생을 쥐가 되어 살아간다 해도 아무렇지도 않아?" "상관없어. 누군가 너를 사랑한다면 네가 누구든 어떤 모습을 하고 있든." 그런데 이 동화를 원작으로 해서 만든 영화에서 소년은 마지막에 사람으로 돌아와. 보통 사람들은 이런 결말을 더 좋아한다고 생각한 거지. 너는 어때?

이제 이야기 공장 밖으로 나가 보자. 어때 익숙한 곳 아니야? 조금 내려가면 촉촉한 눈과 오뚝한 코가 나오지. "앗 여기는!" 이런 너무 크게 말하지 마. 네 입속으로 빠질 뻔했잖아. 그래, 이야기 공장은 바로 너희들의 머릿속이었어. 세상 모든 이야기가 바로 거기에서 태어나고 있어.

스토리 웡카의 역할은 여기까지야. 저기 너를 태워 갈 배가 있어. 그래, 러버덕 배야. 너희들이 처음 타고 왔던 거. 그런데 더 커지고 튼튼해지지 않았어? 게다가 더 빠르고 날렵한 스토리텔링–덕 버전으로 업그레이드했지. 너희들이 이야기 나라에서 부쩍 커 버렸으니 거기에 맞춰야 했거든.

이제 스토리텔링–덕에 올라타고 꼭 잡아. 다시 날아오를 테니. 그전에 미리 알려 줄게. 이제 너희가 날아갈 곳은 상상의 세계가 아니야. 너희들이 미래를 펼칠 현실의 세계로 날아갈 거야. 이야기는 잠깐의 즐거움으로 끝나는 게 아니야. 진짜 현실 속에서 막강한 힘을 펼치고 있는 모습을 보여 주지.

이야기 연습장

스토리텔링 절대 어렵지 않아. 이제 내가 그 근거를 보여 줄게. 이런 방법으로 이야기를 가지고 놀다 보면, 너희 안의 이야기 능력이 쑥쑥 자라게 되어 있어.

이야기 주머니

가족이나 친구들과 함께 집 안에 있는 작은 잡동사니들을 모아 봐. 너희들 손안에 쏙 들어오는 정도의 크기면 좋아. 장난감 인형, 배지, 부속품, 병뚜껑, 몽당연필, 지우개 등등 뭐든 좋아. 이런 걸 주머니나 상자에 넣어. 그리고 안을 들여다보지 않고 한 사람당 다섯 개 정도씩 꺼내. 그걸 엮어서 이야기를 만드는 거야.

   예를 들어 이런 게 나왔어. 고양이 배지, 몽당연필, 얼룩말 인형, 나사, 음료수 모형. 그래서 나는 이렇게 이야기를 엮어 봤어. '개구쟁이 고양이 한 마리가 살고 있었어요. 어느 날 연필을 들고 학교로 가다가 얼룩말을 만났어요. 얼룩말은 걸음을 제대로 못 걷는 거예요. 왜 그런가 했더니 다리의 나사가 빠졌어요. 고양이는 나사 대신 연필을 끼워 줬죠. 그 순간 펑 하고 얼룩말의 저주가 풀려서…… 음료수가 되었어요. 고양이는 음료수를 맛있게 마셨답니다. 끝.'
어때? 다들 나보다는 재미있는 이야기를 만들 수 있겠지?

이야기 찰흙 극장

여러 가지 색의 종이 찰흙을 가운데 두고 둘러앉아. 가위바위보로 술래 한 사람을 뽑아. 술래는 연기자가 되고, 나머지는 마법사가 되는 거야. 마법사들은 찰흙으로 술래를 조종하는 거지.

   한 친구가 찰흙을 주물러 어떤 모양을 만들어. 가령 작은 새를 만들었다면 이렇게 말해. "옛날 옛날에 작은 새가 살았습니다." 그러면 술래가 그 연기를 해. 진짜 새가 날아다니는 것처럼. 다음 친구가 찰흙의 모양을 바꾸며 이야기를 이어 가. "그곳에는 작은 새를 못살게 구는 고양이가 살고 있었어요." 찰흙 고양이가 깡충 뛰면, 술래도 고양이 연기를 하며 깡충 뛰어. 이렇게 함께 있는 친구가 두세 바퀴 돌아가며 이야기를 이어 간 뒤에 멋지게 마무리해 봐. 즉흥적이지만 재미있는 연극을 만드는 거야.

만약에⋯ 상상 게임

아이들은 흉내 놀이를 참 좋아해. 자신이 토끼가 되었다거나 해적이 되었다거나 하는 놀이를 너무나 진지하게 하지. 마치 우리 안에는 '만약에⋯' 장치가 있는 것 같아. 그런데 이게 바로 이야기를 만드는 중요한 원리야. 『투명인간』은 '만약에 내 몸이 보이지 않는다면'이라는 상상에서 시작한 거고, 「화성 침공」은 '만약에 화성의 문어 머리 외계인이 지구를 침공해 온다면'이라는 가정을 그럴싸하게 풀어 놓은 거야.

다음 '만약에' 상황이라면 너희들은 어떤 이야기들을 풀어낼래? 마음에 드는 것에 체크하고, 아래 빈칸에 그 상상을 적어 봐.

— 만약에 세상의 자동차들이 다 없어진다면 [   ]

— 하늘에서 내리는 눈이 1킬로그램에 만 원이라면 [   ]

— 홍수가 나서 우리 학교가 무인도가 된다면 [   ]

— 식구들이 나도 모르게 이사를 갔다면 [   ]

— 오늘 밤 온 도시가 정전이 되는 걸 나만 안다면 [   ]

— 세 명의 기억 1시간 분량을 지울 수 있다면 [   ]

_____

_____

_____

_____

_____

이야기를 잡아야
세상을 타고 논다

"노는 게 제일 좋아. 친구들 모여라." 펭귄 뽀로로, 자동차 타요, 공룡 둘리……. 언제나 이런 수상한 것들이 보여. 학교를 오가는 길, 주먹밥을 사러 온 편의점, 스마트폰과 TV 곳곳에서 만날 수 있지. 이들의 공통점은 뭘까? 사람이 아닌데도 말하고 노래하지. 친구들과 어울려 갖가지 사건들을 만들어. 상상의 세계에만 있는 존재인데도 수많은 사람들의 사랑을 받고 있지. 그리고 누구보다 유명하고, 누구보다 돈을 많이 벌어들이고 있어. 어째서 그럴 수 있을까? 이야기를 품고 있기 때문이야.

19세기는 산업혁명의 시대였어. 전기로 밤을 밝히고, 기차로 세상을 좁혔지. 20세기는 정보혁명의 시대였어. 라디오, TV, 컴퓨터, 인터넷 등 사람들이 뉴스와 정보를 주고받는 기술이 놀랍도록 발달했지. 그리고 21세기 지금은 이야기 혁명의 시대라고 해. 3D 영화관, 스트리밍 TV, 스마트폰 영상, VR 어드벤처 등 신기술의 미디어 속에 들어가는 이야기들이 세상을 뒤흔드는 시대라는 거지.

내가 너희들 나이였을 때만 해도 이야기는 귀했어. TV는 채널 두세 개가 전부였어. 영화는 1년에 한두 편 보면 많이 봤지. 한 해 극장 관객 수가 100만 명만 되어도 기적 같은 일이라고 했어. 하지만 지금은 수십 개의 TV 채널이 24시간 내내 드라마, 영화, 애니메이션을 쏟아 내고 있어. 인터넷엔 매일 웹툰과 웹소설이 쏟아져 나오고 있지. 한 해 천만 관객이 드는 영화가 몇 편씩 되기도 해. 할머니 무릎에 앉아 옛날이야기를 곶감처럼 조심조심 빼 먹던 시절이 그야말로 옛날이야기가 되었어. 우리는 공기처럼 이야기를 들이마시면서 살고 있어.

이야기는 이제 막강한 산업이 되었어. 청소년 소설로 시작한 '해리 포터' 시리즈는 우리나라가 자랑하는 세계적인 반도체 회사보다 많은 돈을 벌어다 준다고 해. 소설도 워낙 많이 팔렸지만, 그걸 원작으로 해서 만든 영화, 게임, 캐릭터 등도 막대한 수익을 내기 때문이지. 이걸 원 소스 멀티 유스(One Source Multi-Use)라고 해. 이야기가 가진 놀라운 힘이지.

우리는 영화나 만화의 주인공에게 마음을 빼앗기면, 그 얼굴이 나오는 것만으로도 장난감, 가방, 음료수 같은 걸 갖고 싶어 해. 월트 디즈니가 애니메이션 주인공으로 만들어 낸 미키마우스, 도널드 덕, 아기 코끼리 덤보는 디즈니가 죽고 난 뒤에도 쌩쌩하게 살아서 우리의 지갑을 노리고 있지. 뽀로로, 타요, 둘리도 애니메이션을 통해 사랑을 받고, 그 인기에 힘입어 캐릭터 산업에서 막강한 활약을 하고 있어.

예전에는 한 나라가 발전하기 위해서는 석유나 가스 같은 천연자

원이 너무나 중요했어. 이건 너무 불공평해. 우리나라처럼 땅이 좁고 중요한 자원을 못 가진 나라는 불리할 수밖에 없잖아. 그런데 이제는 이야기 자원을 확보해서 잘 사용하는 것이 한 나라의 미래를 좌지우지할 수도 있는 시대가 되었어. 한국의 이야기들도 맹활약하고 있지. 드라마 「겨울연가」, 「대장금」, 「별에서 온 그대」, 「태양의 후예」는 나라 밖에서도 커다란 인기를 모았어. 중국, 일본, 베트남 등 여러 나라의 사람들이 한류 드라마에 열광하고 있고, 드라마에 나오는 한국을 방문하고 싶어 해. 드라마의 여주인공이 좋아한다는 프라이드치킨까지 폭발적인 사랑을 받기도 했지.

이야기 산업의 주인공은 소설가, 시나리오 작가, 영화감독만이 아니야. 너희들이 좋아하는 놀이동산에도 스토리텔링이 녹아 있어. 갖가지 테마파크와 놀이기구는 저마다의 이야기를 담고 있어. 카리브 해에서 해적들과 뛰어놀고, 환상의 얼음 나라에서 스케이트를 타고, 우주 공간에서 비행선을 타는 듯한 환상을 파는 거야. 여러 박물관과 축제에서도 이야기를 적극적으로 활용하고 있어. 우리는 문익점처럼 목화씨를 몰래 들여오기도 하고, 서부의 총잡이가 되어 미국의 골드러시 시대를 체험할 수 있지.

영화, 드라마, 웹툰 등 이야기에 관련된 직업들도 폭발적으로 늘어나고 있어. 컴퓨터 프로그래머는 마법 소년을 테마로 한 게임을 만들어야 하고, 스마트폰 판매원은 웹툰 캐릭터가 스티커로 들어가는 메신저를 소개해야 해. 이야기를 잘 다루면 훨씬 많은 일을 할 수 있는 시대가 되었어.

이야기처럼 말해야 마음을 사로잡는다

스토리텔링은 영화, 만화, 드라마에만 필요한 게 아니야. 멋진 아이디어가 있어 상품을 만들어 판매를 한다고 해 봐. 사람들을 어떻게 설득할까? "이 제품이 이렇게 성능이 좋아요!" 수치만 잔뜩 늘어놓으면 재미가 없어. 이해하기도 어려워. 하지만 흥미로운 이야기를 들려주듯이 소개하면 사람들이 귀를 쫑긋 세우지.

캠페인을 위해
태어난 뽀빠이.

뽀빠이는 1930년대부터 인기를 모은 미국의 만화 주인공이야. 팔뚝에 커다란 알통이 있는 선원인데, 악당이나 적군의 공격을 받아 위기에 처하면 깡통을 꺼내. 안에 든 시금치를 입에 털어 넣으면 무시무시한 힘이 솟아나 적을 물리치지. 뽀빠이는 시금치를 비롯한 채소류를 권장하는 캠페인을 위해 태어났어. 아이들이 뽀빠이에 열광하면서 미국 내 시금치 소비량이 33퍼센트나 증가했어. 도산 직전에 있던 시금치 농가들을 살려 내었지.

지금 세계를 주름잡는 기업들도 스토리텔링을 잘 활용하고 있어. 새로운 스마트폰을 만들면 물론 이런저런 성능이 좋아졌다고 자랑해. "더 가벼워지고 카메라도 두 개가 되었어요." 하지만 사람들을 진짜 설득하려면 그 스마트폰을 통해 얻을 수 있는 즐거움을 이야기로 보여 줘야 해. 그래서 광고는 이런 걸 보여 줘. 그 스마트폰으로 먼 나라의 친구와 연락하고, 아이의 유치원 공연을 촬영하고, 생일 파티를 위해 물건을 주문하고, 함께 나눈 추억의 사진을 SNS에 올리는 모습.

스토리텔링은 제품만이 아니라, 사람에게도 멋진 옷을 입혀 주지. 새로운 아이디어와 특출 난 솜씨로 기업을 일으킨 창업자들은 연예인처럼 인기를 모으기도 해. 기업에서 일부러 스타 CEO 만들기를 하기도 하지. 그런데 그들의 업적이나 재산을 자랑처럼 늘어놓으면 시기심만 불러일으킬 수 있어. 그래서 '이야기'를 동원하지. "투자자 워런 버핏은 소문난 수전노이지만, 아내의 부탁을 받아 재산의 대부분을 공익사업에 기부한답니다." 이런 반전의 이미지가 그를 더욱 매력적으로 만들지. 페이스북을 만든 마크 저커버그는 하버드 대학의 괴팍한 천재였다가 최연소 억만장자로 변신했지. 이 이야기는 영화 「소셜 네트워크」로 만들어져 인기를 모으기도 했어.

조금만 관심을 가지고 주변을 둘러보면 이야기가 스며들지 않은 곳이 없어.

"기적의 역전 드라마. 드디어 한국이 해냈습니다." 우리는 왜 한일전 축구에 그렇게 열광할까? 식민 지배를 당한 울분을 그 경기에서 풀어내려고 하는 거야. 스포츠 세계에서 단순한 승부는 재미를 충분히 주지 못해. '숙명의 라이벌'이라면서 두 선수의 오랜 대결의 역사를 이야기처럼 만들어 내지. 여러모로 열세에 처한 팀이 역전승을 거두고, 부상을 이겨 낸 선수가 MVP가 된다. 그러면 이렇게 말하지. "각본 없는 드라마가 이루어졌습니다."

이야기는 가장 훌륭한 설득의 도구야. 너희도 누군가를 설득할 때 이야기를 써 봐. 이번 주말에 좋아하는 가수 '빔빔'의 콘서트에 가고 싶은데 그냥 대뜸 엄마에게 "표 사게 돈 줘." 이러면 설득이 될까? 아니야. 이야기를 활용해 봐. "엄마, 나 이번 콘서트 보면 정말 힘이 날 것 같아. 저번에 기말시험 공부 정말 하기 싫었는데, 빔빔의 노래 '포기는 없어'를 듣고 용기를 냈거든. 사실 빔빔이라는 가수도 성대 결절 때문에 은퇴하려다가 다시 복귀해서 성공했대."

이야기는 마법의 씨앗이야. 조그만 콩을 심었더니 쑥쑥 자라나 구름을 뚫고 올라가고 평생을 써도 다 못 쓸 금은보화를 안겨다 주지. 글쓰기 대회, 과학 발명품 공모전, 영어 웅변대회…… 너희가 남들에게 무언가를 보여 줄 때마다 이야기를 활용해 봐. 따뜻한 이야기는 어떤 무기보다 강하니까.

가장 소중한 이야기, 나의 이야기

이제 우리 여행의 종착지가 다가오고 있네. 이야기로 치면 절정을 지나 대단원의 막을 맞이할 때야. 『닐스의 모험』이라면 난쟁이가 되어 거위를 타고 여행하던 닐스가 집으로 돌아오기 직전이야. 원래의 소년으로 돌아와 가족을 만나려면 다시 한 번 지혜와 용기를 펼쳐야지. 『서유기』라면 마귀들의 방해를 물리치고 서역에서 경전을 들고 오던 손오공이 마지막 시험을 치러야 하는 순간이야. 주인공의 오랜 고난이 비로소 참된 열매를 맺어 가는 시점이지.

이제 너희들도 호흡을 가다듬어야 해. 그동안 『이야기한다는 것』을 통해 얻은 지식과 지혜들을 너희 것으로 만들 순간이니까. 그리고 세상 어디에도 없는 소중한 이야기를 찾아내야 할 때야.

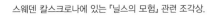

스웨덴 칼스크로나에 있는 『닐스의 모험』 관련 조각상.

어느 날 나는 깜짝 놀랄 이메일을 받았어. "너 혹시 ○○ 학교 졸업하지 않았어? 비둘기 키우던 애 맞지?" 어릴 때의 친구였나 봐. 신문에서 내가 나온 인터뷰를 봤는데, 이메일 주소가 적혀 있어 연락을 했대. 그건 좋아. 반가웠어. 그런데 왜 하필 '비둘기 키우던 애'라는 거지? 글짓기 대회에서 상 탔던 애라든지, 달리기에서 맨날 꼴찌하던 애 같은 게 아니고.

지금도 기억이 생생해. 그때 학교 6학년 교실이 4층 건물의 꼭대기였어. 어느 날 등교를 했더니 반 아이들이 전부 복도에 나와 있는 거야. 나는 퀴퀴한 냄새를 참으며 교실 문을 열어 보았어. 맙소사. 책상과 걸상 위로 비둘기 똥 덩어리가 폭탄처럼 떨어져 있었어. 알고 보니 비둘기들이 학교 지붕 아래 살고 있었는데, 몇십 년 동안 그 안에 똥을 싸고 또 쌌어. 그러다 결국은 천장이 무게를 견디지 못해 무너져 내린 거야. 어른 비둘기들은 모두 창밖으로 날아가 버렸어. 하지만 날지 못하는 새끼 세 마리가 빽빽거리며 울고만 있었어.

겨우겨우 교실을 치운 뒤에 학급회의가 열렸어. "저 새끼 비둘기들을 어떻게 해야 할까요?" 누군가 의견을 냈어. "명석이가 시골에서 전학 왔으니 새를 잘 키울 것 같습니다." "찬성입니다." "찬성입니다." 뭐라고? 내가 4학년 때 시골에서 전학 왔지만, 우리 집은 읍내 시장이야. 닭도 키워 본 적 없다고. 하지만 어쩔 수 없었어. 다수결에 따라 내가 비둘기를 맡게 되었지.

그때 나는 친척집의 작은 방에서 누나, 형과 같이 살고 있었거든. 부모님은 시골에 그대로 살고 계시고. 나는 야단맞을 걱정을 하며 새끼 비둘기들을 들고 집으로 갔어. 다행히 친척 아저씨는 직접 비둘기 집을 지어 옥상에 올려 주셨어. 새끼 중 한 마리는 쥐에 물려 죽었지만, 나머지 둘은 잘 자라났어. 알도 낳아 또 다른 새끼들이 잔뜩 생겨났지. 그리고 이 비둘기들이 학교와 집 사이를 날아다니며 친구들을 데려오기 시작했어. 우리 집 지붕 위엔 백 마리도 넘는 비둘기들이 날아다니게 되었지. 학교 친구들이 나를 '비둘기 키우던 애'로 기억하는 것도 무리는 아니야.

생각해 봐. 무엇이 10년, 20년 뒤의 나를 만들어 낼까? 내가 얻은 성적표, 졸업한 학교, 돈을 벌게 된 직업……. 그래, 모두 다 미래의 나를 빚어내는 데 조금씩 힘을 보탤 거야. 그러나 다른 무언가가 필요해. 진짜 나를 만들어 내는 건 내가 겪은 '이야기'들이야. 일상의 나날과는 조금 다른 순간들, 특별한 감정을 일깨운 사건들. 그런 것들이 나를 키우고 나를 만들어 내.

우연한 사고로 굴러떨어진 비둘기 새끼들이 나를 만들었어. 나는 죽은 비둘기를 마당에 묻으려다 옆집 할머니에게 야단맞고 서럽게 울었어. 그 마음을 안고 있다가 글짓기 대회에 나가 비둘기에 대한 이야기로 글을 썼지. 수업 시간에 배운 건 다 잊어먹었지만, 비둘기에 얽힌 이야기들은 생생히 머릿속에 남아 있어. 나는 이런 이야기들을 하나씩 쌓아 가며 자라나게 된 거야.

누구든 이런 이야기들이 있어. 놀이공원에 갔다가 아빠를 잃어버려 미아보호소에서 서럽게 울었던 이야기. 소풍에서 보물찾기를 하다 바위 밑에서 도마뱀을 보고 기절했던 이야기. 학교 축제 때 춤 공연을 하다 안무를 잊어버려 막춤을 췄는데 인기상을 받아 버린 이야기. 그게 이 세상에서 제일 흥미진진하고 소중한 이야기야. 바로 네가 주인공인, 너 자신의 이야기지.

나의 작은 자서전―퍼스널 내러티브

어느 조용한 저녁에 가까운 친구들과 모여 앉아 봐. 큰 나무 아래나 텐트 안이라면 참 좋겠지만, 꼭 그럴 필요는 없어. 누군가의 방이나 교실 한쪽도 좋아. 조명은 조금 어둡게 하는 게 좋겠어. 위험하지 않게 초를 켜거나 작은 스탠드 정도를 준비해.

분위기가 무르익으면 하나씩 '나의 이야기'를 꺼내 봐. 영화나 소설 속 이야기가 아니야. 내가 들었던 이야기가 아니야. 내가 직접 보았던, 내가 주인공이 되어 선택하고 행동했던 이야기를 끄집어내는 거야.

처음에는 쉽게 나오지 않을 거야. 그러니 약간의 미끼를 주자고.

내가 좋아하는 이야기의 소재는 '흉터'야.

너희들 인간과 천사의 차이점이 뭔지 알아? 중세의 신학자들은 이 문제를 아주 골똘히 연구하고 논쟁하고 그랬대. 그러다가 하나의 답을 찾았어. "배꼽!" 인간은 배꼽이 있지만, 천사는 배꼽이 없다. 왜냐하면 인간만이 어머니의 배에서 탯줄을 달고 태어났고, 그 탯줄을 자른 자국을 가지고 있다. 그래, 우리는 태어나면서부터 자신만의 흉터, 인간이라는 증거를 가지게 되었어. 그리고 살아가다 보면 뜻하지 않은 사고로 상처를 얻고 그 흔적을 간직해야 할 때가 생겨. 안타까운 일이지. 고운 피부에 이상한 흔적으로 남기게 되었으니. 하지만 그 '말썽의 흔적'이 '나'라는 증거가 되기도 해. 만약에 가족과 떨어져 오랜 시간을 보낸 뒤라 해도, 엄마 아빠는 네 몸에 난 흉터를 보고 너라는 걸 확인할 수 있으니.

우리에게 남아 있는 흉터들은 각각의 이야기를 안고 있어. 나는 이마 한가운데 깊게 파인 자국이 있어. 초등학교 때 하굣길에 친구들과 달리기 시합을 했어. 그러다 리어카의 쇠 손잡이에 꽝 하고 부딪혀 기절하고 말았어. 그때 생긴 흉터야. 정강이에도 큰 흉터가 있어. 이건 여섯 살 때 동네에서 가장 큰 수탉과 싸우다가 생긴 걸로 되어 있어. 왜 '되어 있냐'면……. 그래야 재미있잖아. 사실은 정확히 기억 안 나. 무서운 수탉이 있었던 기억은 나. 내 다리의 오랜 상처도 분명해. 그래서 슬쩍 둘을 엮어서 나의 무용담으로 바꿔 봤어. 이

나치 군인을 피해 숨어 살면서 꼬박꼬박 일기를 쓴 안네 프랑크.

야기에 있어서 약간의 허풍과 과장은 당연하다는 말씀.

너희들도 이렇게 각자의 흉터에 대해서 이야기해 봐. 조금 부끄러울 수도 있지. 하지만 그런 걸 서로 알려 주는 게 친구잖아. 이렇게 몸의 흉터를 이야기하다가, 그다음엔 마음의 흉터를 꺼내 봐. 내가 정말 힘들었을 때, 서러웠을 때, 분했을 때…… 하나씩 꺼내다 보면 나의 작은 몸과 마음에도 이렇게나 많은 이야기가 담겨 있다는 걸 깨닫게 될 거야. 아니면 즐겁고 자랑스러운 일도 좋아. 지금의 나를 만든 온갖 이야기들을 꺼내 봐. 그리고 각자 집에 돌아가면, 그 이야기들을 글로 기록해 봐. 다시 잊어먹기 전에.

자이언티의 「양화대교」라는 노래 알아? '우리 집에는 매일 나 홀로 있었지/ 아버지는 택시드라이버/ 어디냐고 여쭤 보면/ 항상 양화대교' 자이언티의 아버지가 택시 운전사야. 그래서 집에 돌아와도 아버지를 볼 수 없었던 안타까운 마음을 노래로 만들었어. 너희도 작은 마음의 상처를 떠올리며 그 이야기를 기록해 봐.

이렇게 자신만의 이야기를 쓰는 걸 '퍼스널 내러티브(Personal Narrative)'라고 해. 작은 자서전 같은 거지. 외국의 대학에서는 입학 시험을 치를 때, 자신의 삶을 기록한 에세이를 내라고 하는 경우가 많아. 수학이나 영어 점수만큼이나, 그 사람이 어떤 경험을 쌓아 왔는가를 중요하게 여긴다는 거지. 심지어 교수 임용을 위해 논문을 쓰는데 자신의 가족사를 줄줄 쓰는 것도 봤어. "나의 아버지는 한국

전쟁 때 함흥에서 미군 배를 타고 부산으로 내려왔다." 그렇게 자신과 가족이 겪은 특별한 경험, 작은 차이, 다양한 이야기가 딱딱한 지식보다 훨씬 가치 있다는 거야.

너희도 위 단계의 학교에 지원하거나 동아리에 들어갈 때 자기 소개서를 쓰잖아. 그것도 비슷한 거야. 그걸 무슨 시험처럼 생각하지 마. 평소에 친구들과 자신이 겪은 이야기를 풍성하게 나누고 기록해 둬 봐. 나중에 진지한 자기 소개서를 쓸 때도 큰 도움이 될 거야.

내 미래의 스토리텔링

"쓸 이야기가 없어요." "실수한 것만 기억나는데, 그런 걸 남에게 보여 줘 봤자 좋은 점수를 못 받잖아요."

그래, 별로 자랑할 게 없다고 푸념을 해도 좋아. 부끄러움 때문에 쉽게 털어 내지 못하는 것도 이해해. 하지만 너무 걱정은 마. 너희가 만들어 갈 긴 이야기에 있어서, 아직 너희는 '발단'밖에 지나오지 않았으니까. 지금까지 겪은 이야기보다 이제부터 만날 이야기가 훨씬 많아.

산다는 건 말이야. 결국 자신의 미래를 스토리텔링하는 거야. 어떤 사람들은 그저 세상이 움직이는 대로 이리저리 흘러만 가지. 부모님과 선생님이 선택하고 결정하면 거기에 따라가면 그만이라고 여기지. 하지만 그건 이야기의 소품이 되고 마는 거야. 주연은커녕 조연도 되기 어렵지.

내 미래의 이야기는 어떻게 만들까? 우리가 이야기 공장에서 배운 스토리텔링의 비법에서 힌트를 얻어 봐. 나라는 주인공은 어떤 성격과 능력을 가지고 있나? 호기심이 많아 발랄해. 하지만 그래서 남보다 실수를 많이 하기도 해. 혹은 아주 점잖고 신중한데, 답답한 아이라는 말을 듣기도 해. 남들에게 알리지 못하는 비밀도 있어. 초등학교 1학년 때 스쿨버스에서 오줌을 쌌다든지 하는 거 말이야. 하지만 그때도 침착하게 사태를 잘 수습했지. 나의 순발력 지수를 +10 하는 계기가 되었지.

마치 이야기를 구성하듯이 다음 질문에도 대답해 봐. 나와 함께 팀을 이룰 사람들, 나의 조력자는 누구인가? 내가 새로운 단계로 성장하려면 어떤 스승을 만나야 할까? 나라는 주인공이 이야기를 펼쳐 갈 무대는 어디일까? 이 동네, 이 학교, 이 도시? 아니면 언젠간 저 바다 너머의 세계가 될 수 있을까? 나라는 주인공이 마주치게 될 문제는 무엇일까? 그건 어떻게 극복해 나갈 수 있을까? 선택의 순간이 닥치면 나는 과감하게 결정할 수 있을까?

그리고 주인공이 이 이야기를 통해 얻어 내야 할 목적, 성공적인 시나리오를 생각해 보자. 그걸 15년 뒤의 나의 모습으로 삼아 봐. 자랑스럽고 매력적인 주인공으로 나를 성장시키기 위해 그 사이에 어떤 일을 겪게 할까? 어떤 대학교를 나올까, 어떤 직업을 가질까, 이런 것도 분명 중요하지. 하지만 그게 전부는 아니야. "그동안 난 중요한 시험의 순간에 두 번이나 실패했어. 하지만 세 번째는 기어코 성공하고 말았지." 이런 반전의 매력도 필요해. 그게 진짜 이야기를 풍성하게 만들어 가는 요소라고. 제일 중요한 사실이 있어. 어떻게든 주인공에게 다양한 사건을 겪게 하자고. 그래야 나의 이야기가 흥미롭고 풍성해지는 거야.

물론 각자의 앞날이 잘 짜인 이야기처럼 펼쳐지지는 않을 거야. 위기의 순간에 항상 요정이 나타나 마법봉을 휘둘러 주지는 않을 거야. 결정적인 순간에 역전 홈런을 때리면 좋겠지만, 내가 그 홈런을 얻어맞은 투수일 수도 있어. 차라리 비극적 주인공이라도 되면 멋이라도 있겠지만, 이도 저도 아닌 엑스트라의 인생에 불과하다고 여겨질 때도 있을 거야.

그때는 어떻게 할까? 현실의 이야기가 잘 안 풀리면, 상상의 이야기 속으로 들어가. 언제나 거기엔 너를 위로해 줄 친구들이 기다리고 있어. 네버랜드에는 영원히 늙지 않는 피터 팬이 기다리고 있을 거야. 오즈의 나라에는 똑똑한 허수아비, 용감한 사자, 마음 따뜻한 양철 나무꾼이 너를 반겨 줄 거야. 그리고 네 마음 안에 있는 보물을 다시 찾아내는 방법을 알려 줄 거야. 그들의 도움으로 에너지를 충전한 뒤, 현실의 이야기 속으로 돌아오면 돼.

너희들에게 들려줄 이야기는 여기까지야. 이야기에 대한 이야기도 끝을 맺을 때가 되었어. 떠나기 전에 각자의 마음속에 작은 새 한 마리씩 챙겨 가는 거 잊지 마. 너희들 상상의 힘으로 그 새를 키워 봐. 지금까지 누구도 가 보지 못했던 곳으로 훨훨 날아가게 하는 거야.

내가 이야기하는 나 — 자기 소개서 쓰기

이 세상에서 가장 흥미로운 이야기, 귀가 솔깃하는 이야기는 무얼까? 바로 나에 대한 이야기야. 그렇다면 나에 대한 이야기를 가장 잘할 수 있는 사람은 누구일까? 바로 나야. '자기 소개서'라고 해서 어렵게 생각할 필요는 없어. 나에 대해 내가 쓰는 이야기라고 생각해 봐.

자기 소개서는 정해진 형식이 있는 경우가 많지만, 먼저 그런 틀에 얽매이지 말고 자신이 겪은 이야기를 풀어낼 필요가 있어. 먼저 다음 물음에 답을 하며, 내 안의 기억들을 끄집어내 봐. 그리고 친구들과 각자 쓴 답을 이야기하며 즐겁게 떠들어 봐. 그중에서 특히 사람들의 귀를 당기는 것들이 있을 거야. 그게 바로 자기 소개서에 쓸 내용이 되지.

내 기억의 보물 창고를 털어라

❖ **나의 이름** — 내 이름, 혹은 즐겨 쓰는 닉네임에 담긴 뜻과 사연이 있다면?

_____

❖ **나의 탄생 설화** — 내가 태어날 때 얽힌 이야기나 태몽이 있다면?

_____

❖ **나의 흉터** — 내 몸엔 어떤 흉터가 있지? 어쩌다 생겼나? 마음에도 흉터 같은 게 있다면?

_____

❖ **내가 만난 사람** — 내가 만난 특이한 사람, 유명한 사람은 누구? 특별한 경험을 나눈 사람이 있다면?

_____

❖ **나의 이벤트** ─ 내가 겪은 특이한 사건들, 내가 벌인 일들, 그 속에서 얻은 경험들(동아리, 봉사 활동 등)이 있다면?

❖ **내가 하고 싶은 일** ─ 15년 뒤에 나는 어디에서 어떤 일을 하고 있을까?

❖ **내가 쌓아 가야 할 것들** ─ 미래의 나를 위해 나는 무엇을 해 나가야 할까?

이제 이런 내용들을 엮어서 나의 과거, 현재. 미래에 대한 이야기를 써 보자. 그리고 다음과 같은 원칙을 가지고 다시 검토해 보고 글을 고쳐 보자.

- '크지만 누구나 해 봤을 일'보다는 '작지만 나만 해 봤을 것 같은 일'에 초점을 맞추자.
- '그냥 자연스럽게 성공한 일'보다는 '실패를 경험한 뒤에 극복해 나간 과정'을 쓰자.
- '일기장에 쓰듯이'가 아니라 '누군가에게 말하듯이' 쓰자.
- 상대방은 네가 누군지 모르고, 너의 이야기를 처음 듣는 사람이다. '누가, 언제, 어디서, 어떻게'를 또렷하게 쓴다.
- 모든 이야기를 비슷하게 늘어놓지 말자. 특별한 부분은 사람, 장소, 감정 등을 좀 더 구체적으로 묘사한다.
- 가장 흥미로운 부분을 제일 처음에 넣어 본다. 그래야 사람들이 끌려들어 온다.
- 전체적으로 물고기의 모양(머리, 몸통, 꼬리)과 비슷하게 시작, 중간, 끝의 구조를 갖추도록 한다.

생각이 찾아오는 학교 너머학교

생각한다는 것
고병권 선생님의 철학 이야기
고병권 지음 | 정문주 · 정지혜 그림

탐구한다는 것
남창훈 선생님의 과학 이야기
남창훈 지음 | 강전희 · 정지혜 그림

기록한다는 것
오항녕 선생님의 역사 이야기
오항녕 지음 | 김진화 그림

읽는다는 것
권용선 선생님의 책 읽기 이야기
권용선 지음 | 정지혜 그림

느낀다는 것
채운 선생님의 예술 이야기
채운 지음 | 정지혜 그림

믿는다는 것
이찬수 선생님의 종교 이야기
이찬수 지음 | 노석미 그림

논다는 것
오늘 놀아야 내일이 열린다!
이명석 글 · 그림

본다는 것
그저 보는 것이 아니라 함께 잘 보는 법
김남시 지음 | 강전희 그림

잘 산다는 것
강수돌 선생님의 경제 이야기
강수돌 지음 | 박정섭 그림

사람답게 산다는 것
오창익 선생님의 인권 이야기
오창익 지음 | 홍선주 그림

그린다는 것
세상에 같은 그림은 없다
노석미 글 · 그림

관찰한다는 것
생명과학자 김성호 선생님의 관찰 이야기
김성호 지음 | 이유정 그림

말한다는 것
연규동 선생님의 언어와 소통 이야기
연규동 지음 | 이지희 그림

이야기한다는 것
이명석 선생님의 스토리텔링 이야기
이명석 글 · 그림

너머학교 고전교실

삼국유사, 끊어진 하늘길과 계란맨의 비밀
일연 원저 | 조현범 지음 | 김진화 그림

종의 기원, 모든 생물의 자유를 선언하다
찰스 다윈 원저 | 박성관 지음 | 강전희 그림

너는 네가 되어야 한다
고전이 건네는 말 1
수유너머R 지음 | 김진화 그림

나를 위해 공부하라
고전이 건네는 말 2
수유너머R 지음 | 김진화 그림

독서의 기술,
책을 꿰뚫어보고 부리고 통합하라
모티머 J. 애들러 원저 | 허용우 지음

우정은 세상을 돌며 춤춘다
고전이 건네는 말 3
수유너머R 지음 | 김진화 그림

대화편,
플라톤의 국가란 무엇인가
플라톤 원저 | 허용우 지음 | 박정은 그림

감히 알려고 하라
고전이 건네는 말 4
수유너머R 지음 | 김진화 그림

아Q정전,
어떻게 삶의 주인이 될 것인가
루쉰 원저 | 권용선 지음 | 김고은 그림

언제나 질문하는 사람이 되기를
고전이 건네는 말 5
수유너머R 지음 | 김진화 그림

경연,
평화로운 나라로 가는 길
오항녕 지음 | 이지희 그림

유토피아,
다른 삶을 꿈꾸게 하는 힘
토머스 모어 원저 | 수경 지음 | 이장미 그림

작은 것이 아름답다,
새로운 삶의 지도
에른스트 프리드리히 슈마허 원저 | 장성익 지음 | 소복이 그림

욕망,
고전으로 생각하다
수유너머N 지음 | 김고은 그림

 사랑,
고전으로 생각하다
수유너머N 지음 | 전지은 그림

 진화와 협력,
고전으로 생각하다
수유너머N 지음 | 박정은 그림

 생각연습
생각의 근육을 키우는 질문 34
리자 하글룬트 글 | 서순승 옮김 | 강전희 그림

 쿠바 알 판 판 알 비노 비노
오로가 들려주는 쿠바 이야기
오로 · 김경선 지음 | 박정은 그림

사진 제공: Wikimedia Commons(Sailko, Adrian Michael, Udo Schroter)

이야기한다는 것

2017년 3월 31일 제1판 1쇄 발행
2023년 10월 31일 제1판 3쇄 발행

지은이   이명석
펴낸이   김상미, 이재민

기획   고병권
편집   김세희
디자인기획   민진기디자인

종이   다올페이퍼
인쇄   청아문화사
제본   광신제책

펴낸곳   너머학교
주소   서울시 종로구 자하문로24길 32-12 1층
전화   02)336-5131, 335-3366, 팩스 02)335-5848
등록번호   제313-2009-234호

www.nermerbooks.com
너머북스와 너머학교는 좋은 서가와 학교를 꿈꾸는 출판사입니다.